나뭇가지에 걸린 남자

유영자 산문집
나뭇가지에 걸린 남자

초판 1쇄 발행   2023년 11월 27일

지은이 | 유영자
그린이 | 김나경
만든이 | 이한나
펴낸이 | 이영규
펴낸곳 | 도서출판 그린아이

등록 연월일 | 2003. 12. 02.
등록 번호 | 제2-3893호
주소 | 서울특별시 은평구 녹번로 6-11, 201호
전화 | 02)355-3035
이메일 | gmh2269@hanmail.net

ISBN 979-11-91376-24-1(03810)

나뭇가지에 걸린 남자

유영자 산문집

그린아이

두 번째 산문집을 내놓습니다. 첫 번째보다 훨씬 좋은 글이 써질 줄 알았습니다. 그런데 더 어렵고 잘 써지지 않았습니다. 한동안 붓을 내던지고 멍하니 살았습니다. 무료하고 권태로운 시간이 되어 버렸습니다.

그때 문득 누군가가 한 말이 떠올랐습니다.

"권태로울 때 어떻게 도전하느냐에 따라 인생의 그림이 달라진다."

'옳거니!'

권태로움을 밀쳐 내려고 글쓰기에 다시 열을 올렸습니다. 커피 한 잔을 앞에 놓고 끙끙거리며 몇 줄의 글을 쓰고 나면 하루가 후딱 저뭅니다. 웬일인지 마음 한쪽이 뿌듯함으로 물들었습니다. 그래서 칙칙하고 울퉁불퉁 볼품없는 글들을 여기를 깎고 저기를 다듬며 요란을 떨었습니다. 책을 많이 읽지 못한 탓일 겁니다. 명주실처럼 매끄러운 글이 써지지 않았으니까요.

부족한 글들이지만『크리스천문학나무』,『한국크리스천문학』,『한국수필』에서 지면을 허락해 주어 실었던 글들을 모았습니다.

　이 책이 나오기까지 깊이 참견하여 주신 하나님께 우선 감사를 드립니다. 그리고 수필을 잘 쓸 수 있도록 문학의 길로 옳게 인도해 주신 김지원 목사님과 유명한 소설가이신 이건숙 사모님께 고마운 말로는 모자라는 깊고 깊은 곳에서 우러나오는 감사를 드립니다. 또한 이 책이 아름답게 나오도록 정성을 기울여 만들어 주신 도서출판 그린아이 대표 이영규 장로님께도 감사드립니다. 이번에도 책이 반짝반짝 빛나도록 멋진 그림을 그려준 딸 나경에게도 감사! 감사!

무척 자랑스러운 작가

이건숙
(소설가, 크리스천문학나무 주간)

유영자 수필가는 70이 넘어 등단한 늦깎이 작가다.

수필을 써보라고 권유한 필자의 말을 듣고 처음엔 쭈뼛거렸지만 열심히 글을 써서 등단도 하고 첫 번째 수필집 『양말 속의 편지』를 출판해 호평을 받았다. 연이어 두 번째 수필집(산문집)을 내니 마치 내 책이 출판되는 것처럼 어깨가 으쓱해진다.

그녀는 동화구연가로서, 오랫동안 방송을 통해 널리 유명세를 타고 있는 작가이다. 늦은 나이에 수필에 손을 댄다는 것이 껄끄러웠을 터인데 순순히 순종하여 수필을 집필하기 시작했다.

그러자 놀랍게도 그녀의 속에 깊이 감춰진 달란트가 마구 터져 나오기 시작했다. 정말 기적처럼 놀라운 일이었다. 그냥 두었다면 사장되었을 하나님이 주신 기막힌 재능이 마구 터져 나오기 시작한 셈이다.

작가는 자신이 경험한 정서를 타인에게 효과적으로 전달하기 위한 목적으로 예술작품을 창작한다. 다시 말해서 작가의 체험과 삶의 여정을 자양분으로 생성하는 예술작업이란 뜻이다.

문학과 그림, 음악은 표현 방식이 다를 뿐이지 똑같은 예술창작이다. 그중에서도 문학은 일생 살아온 뒤안길에서 느끼고 경험한 정서와 체험의 심미감을 언어와 글자라는 표현기법을 통해 창작하는 예술작업이다.

유영자 수필가는 70년간의 삶의 여정을 자신이 가진 재능을 통해 훌륭한 작품으로 탄생시켰다.

그녀가 걸어온 뒤안길은 일제시대, 한국전쟁의 격동기, 새 시대의 혼란기로 가난과 배고픔, 고통, 두려움 등 인간이 겪을 수 있는 험난한 고난의 길을 통과한 여정이었다. 그러니 수필을 쓰지 않았다면 귀한 자료들이 사장될 뻔했다는 마음을 누르지 못할 지경이다.

작금의 MZ세대들은 절대로 밟아보지 못한 미지의 땅을 그녀의 수필들은 경쾌한 필체로 낱낱이 드러내 실감나게 보여주고 있다.

그녀의 수필은 한번 손에 들면 놓지 못한다. 그대로 빨려 들어가기 때문이다.

문장도 순조롭게 부담감 없이 술술 읽힌다. 아마도 동화구연가의 기질이 다분히 작용하지 않았나 생각된다.

어린 시절 농촌생활을 한 경험과 장로인 아버지 곁에서 익힌 깊은 신앙심 덕분인지 긍정적인 가치관으로 세상을 바라보는 그녀의 아름다운 시선은 독자의 마음을 사로잡아 공감하게 만든다.

그녀의 수필은 노인층에게는 잊혀져가는 추억과 향수를 자아내게 하고 젊은 층에게는 새로운 시선으로 인생을 보게 한다고 확신한다.

글이란 곧 그 사람이다. 마음그릇에 분노가 가득하면 분노의 글이 나오고 마음그릇에 미움과 증오가 가득하면 그런 글이 나오게 마련이다.

유영자 수필가의 마음그릇에선 사랑과 긍정적인 마음을 지닌 가치관이 마치 화수분처럼 계속 퍼 올릴수록 그득그득 고이고 있다.

글을 쓰는 사람은 독자의 마음밭을 위로하고 공감하고 동감하며 인생의 길을 새롭게 모색하게 만드는 글을 써야 한다. 맹수나 악인이 되어 독자의 마음에

악한 씨앗을 뿌려서는 안 된다고 필자도 소설을 쓰면서 늘 다짐한다.

유영자 수필가는 스마트 소설을 써보라는 필자의 권유로 요즘은 그 작업도 겸하고 있다.

다행히 백세 시대에 접어들었으니 앞으로 20여 년간 독자의 마음그릇을 아름답게 채울 가치 있는 많은 작품들을 쏟아내기를 소망하면서 두 번째 수필집(산문집) 출간을 진심으로 축하한다.

건강에 조심하여 늘 강건하기를 바란다.

책머리에 4

추천사 6

시냇물이 흐르던 마을 14

싫다! 송충이 그놈 20

학교에 간 메이 25

거절할 줄 모르는 여자 33

나트랑에서 생긴 일 38

봉숭아물 들이던 날 44

그립다, 옛친구 49

목격자 56

내가 사랑하는 산책길 61

두 번의 장례식 68

나뭇가지에 걸린 남자 73

산나물 81

문 어 86

양복 세 벌 91

얼굴에 핀 버섯 96

작은 생명 101

한 번만 더 만져 줘 108

소가 있는 농촌 풍경 114

상진이 120

약국에서 125

뾰족구두 130

직박구리 부부 136

박하사탕과 바둑알 143

어머니의 찬송소리 149

몸에서 나는 소리 154

유골함과의 하룻밤 161

돌아온 손자 166

한 달 살기 172

예수님의 편지 178

쥐들과의 전쟁 183

동묘역 3번 출구 189

담요 장사 아저씨 194

영자의 전성시대 199

시냇물이 흐르던 마을

 내가 어려서 자랄 때만 해도 농촌에서는 고기반찬을 먹기가 쉽지 않았다. 설날이나 추석, 부모님의 생신이 돌아와야만 고깃국을 그나마 먹을 수 있었다. 고깃국이라고는 하지만 멀건 국물에 고기 조각은 한 점이나 보일까? 요즈음처럼 빡빡한 불고기나 갈비찜을 먹는 일은 거의 없었다.

 그렇다고 우리 몸에 필요한 단백질을 전혀 섭취하지 않고 산 건 아니다. 그때는 집집마다 닭을 키워서 갑자기 손님이 온다거나 식구 중에 기력이 떨어지는 사람이 있으면 닭을 잡아 온 식구가 포식을 했으니까 말이다. 그뿐만이 아니다. 설날이 다가오면 돼지 한 마리를 잡아 마을 전체가 나누어 먹으며 그야말로 축제처럼 새해를 맞이했다.

우리 동네에는 마을 앞으로 넓고 깊은 시냇물이 흐르고 있었다. 물속에는 붕어, 쏘가리, 가물치, 미꾸라지, 새우, 가재, 심지어 다슬기까지 바위에 까맣게 붙어살고 있었다. 청정지역이라 공기도 맑고 깨끗한 마을이었다. 동네 아이들은 학교 수업이 끝나고 집으로 돌아오면 그물을 둘러메고 끼리끼리 시냇가로 내달렸다. 물풀이 무성한 곳에 그물을 댄 후, 발을 굴러 물고기를 몰아넣고 재빨리 들어 올리면 그물 속에서 은빛으로 반짝이는 물고기들이 팔딱팔딱 뛰어오른다. 와아! 하고 탄성을 지르며 물고기를 옮겨 담을 때, 그 짜릿한 손맛은 그야말로 평생 잊지 못할 것이다. 아이들은 물고기를 먹기 위해서가 아니라 그저 잡는 재미에 빠져 물속에서 풍덩거렸다.

시냇가 위쪽, 물이 얕은 곳은 겁쟁이 여자애들의 차지였다. 그곳엔 유난히 새우가 많았다. 훤히 들여다보이는 물속에는 처녀들의 긴 머리채 같은 물풀들이 새우를 품고 물결을 따라 흐느적거린다. 뜰채를 물풀 위에다 대고 머리를 빗기듯 아래로 쭈욱 훑어 내리면 새우들은 영문도 모르고 파닥파닥 뜀뛰기를 한다. 그렇게 잡은 새우들을 무와 함께 자글자글 끓여 상에 올린다. "자, 먹자." 아버지의 식사 개시 선언에 숟가락이 일제히 냄비 속으로 돌진한다. 뜨겁다. 김이 뜨겁고 밥도 뜨겁고 찌개는 더 뜨겁다. 후후 불다간 손해볼까 봐 그냥 입 속으로 집어 넣는다. "앗, 뜨거워!" 비명을 질러대면서도 멈추는 법이 없다.

아이들만 시냇물을 좋아한 건 아니다. 고기잡이를 즐기는 어른들도 매운탕이 그리운 날이면 시장을 가듯 시냇가에 나가 물고기를 잡아 왔다. 특히 젊으셨던 우리 아버지는 낚시에 대단한 취미를 가지고 계셨다. 그렇다고 강태공처럼 낚싯대를 드리우고 앉아 세월을 낚은 게 아니라, 일하는 도중 짬짬이 즐기셨을 뿐이다.

당시 우리 논은 시냇가 근처에 있었는데, 아버지는 농사일을 나가실 때면 삽과 괭이 옆에 네댓 개의 낚싯대를 꼭 챙겨 가셨다. 엎어지면 코 닿을 곳이 집이지만 점심도 싸가지고 가셨다. 논에 도착하면 우선 낚싯대를 메고 냇가로 가서 제법 깊은 곳에 터를 잡고 미끼를 끼워 차례대로 물속에 드리워 놓은 후 논으로 가서 일을 하셨다. 점심때가 되면 다른 농부들은 점심 먹기가 무섭게 나무 그늘에 누워 코를 골았다. 하지만 우리 아버지는 물가에 느긋하게 앉아 점

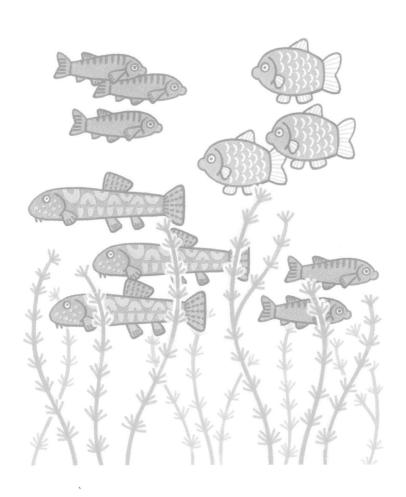

심을 드시면서 낚시를 즐기셨다. 잡힌 물고기들은 망태기에 담아 물속에 담가 놓고, 낚싯대에 새 미끼를 끼워 물속에 드리워 놓고는 논으로 가셨다가 두서너 시간 후 낚시터로 달려와 입질이 왕성한 낚싯대를 차례대로 낚아챘다. 논일을 끝내고 집으로 돌아오는 아버지 손에는 언제나 고기 망태기가 묵직하게 매달려 따라왔다. 이렇듯 시냇물 속의 물고기들은 가난한 농촌 마을에 살아 움직이는 수산 시장이 되어 주었다.

그렇다고 사시사철 물고기를 잡을 수 있는 건 아니다. 첫 서리가 내리고 찬바람이 불기 시작하면 물고기들은 추위에 오들오들 떨며 수면 밑으로 이사를 하고 깊은 잠에 빠진다. 시냇물이 흐르던 마을은 우리나라에서 가장 추운 곳이었다. 거기다 초겨울부터 눈이 어찌나 많이 쏟아지는지 마을은 고립되어 겨울 왕국이 되고 만다. 초가집들은 모두 포근한 눈 속에 잠기고 마을은 고요 속에 파묻힌다.

겨울이 깊어질 때쯤 마을 청년들은 괭이, 쇠스랑, 삽, 양동이를 들고 들판으로 간다.

"오늘은 눈 속을 뚫고 미꾸라지를 잡아 올 테니 추어탕 끓일 준비를 해 주세요."

청년들은 초겨울에 보아 두었던 미꾸라지 집을 찾

아가 뒤지기 시작한다. 꽁꽁 언 땅을 한 삽씩 파헤치면 미꾸라지들은 눈도 못 뜨고 나가떨어진다. 이때 잡은 미꾸라지들은 굵고 영양분이 많아 김치 한 가지로 겨울을 보내는 마을 어른들께 효자 식품이 되어준다. 이웃들과 웃음꽃을 피우며 먹던 가마솥의 추어탕이 아련한 추억이 되어 눈앞에 아른거린다.

지금은 먹을 게 넘쳐나고 살림살이가 넘쳐나고 입을 게 넘쳐나는, 복잡하기 이를 데 없는 세상이 되었다. 설날이 되어야만 멀건 소고기통과탕에 불과한 국을 식구들끼리 둘러앉아 나누어 먹으며 행복의 웃음꽃을 피우던 그 옛날이 오늘따라 왜 이리 그리울까.

싫다! 송충이 그놈

나는 아무래도 함량 미달의 인간인 것 같다. 나이가 많아지면 무서운 게 없어지기 마련인데 어쩌자고 송충이니 자벌레니 안타깨비쐐기니 하는 벌레들이 아직도 무서운지 모르겠다. 징그러운 몸뚱아리에 털옷까지 걸치고 꿈틀거리며 기어가는 꼴을 보면 자지러진다. 차라리 호랑이나 사자 같은 짐승이 덜 무섭다.

어려서 어머니를 따라 참깨밭에 갔다가 기절할 뻔했던 적이 있다. 참깨잎 위에서 어른 손가락만큼씩한 초록색 벌레가 나를 향해 고개를 바짝 세우고 쳐다보고 있지 않은가. 어찌나 깜짝 놀랐던지 주저앉아 악을 쓰며 어머니를 불렀다.

"으악! 엄마! 엄마!"

내 비명소리에 더 놀란 어머니가 호미를 내던지고 단숨에 쫓아왔다. 뱀에 물린 줄 안 모양이다.

"왜 그래? 무슨 일이야?"

어머니는 나를 번쩍 안아들며 다급하게 물었다. 나는 떨리는 목소리로 벌레를 가리켰다.

"엄마, 저, 저기……."

"아, 팔망아지를 보고 놀랐구나. 저 벌레는 생긴 건 험악해도 사람을 물거나 못되게 구는 놈은 아니야. 괜찮아."

그제야 안심을 한 어머니는 아무렇지도 않게 팔망아지를 손으로 잡아 멀리 내던지셨다. 나는 차마 그 광경을 볼 수 없어 눈을 꼭 감았다.

이처럼 나는 어려서부터 벌레를 끔찍이도 무서워했다. 하도 무서워하니까 짓궂은 친구들은 강아지풀을 내 목덜미 속에 넣으며 "송충이다!" 하며 놀래 주기도 했다. 그러면 나는 자지러지게 놀라 있는 대로 화를 내곤 했다.

두메산골에서 중학교를 졸업하고 서울에 있는 여자 고등학교로 진학했다. 그때의 기쁨 중 하나가 벌레들과의 이별이었다. 벌레들의 소굴인 시골을 떠나면 송충이를 다시는 안 만날 줄 알았다. 그런데 웬걸? 여름이 시작되자 흉흉한 소문이 나돌기 시작했다. 남산에 있는 소나무에 새싹이 돋아나기 시작하면서 송충이들이 나무에 들러붙어 만찬을 즐기기 시작했다는 것이다. 비상이 걸렸다. 소나무를 살리기 위해 공무원들, 군인들, 학생들이 '송충이 소탕 작전'에 앞장을 서야 한다지 뭔가. 그것도 남산 근처에 있는 우리 학교가 첫 순서라면서 말이다.

가슴이 철렁 내려앉았다. 송충이를 한 마리도 아니고 떼거리로 만날 생각을 하니 공포 그 자체였다. 선생님은 우리 반 아이들에게 힘주어 말했다.

"내일은 우리 학교 전교생이 남산으로 송충이 사냥을 간다. 그러니 모두 체육복을 착용하고 깡통과 나무젓가락을 준비해 가지고 오도록 해라. 선생님은 남산 밑에서 기다리고 있을 테니 그쪽으로 모이도록."

그러자 여기저기서 "어떡해!" "어떡해!" 하며 천둥 같은 한숨을 토해냈다. 송충이를 많이 잡아야 실기 점수도 오르고 애국심도 인정된다지만, 나는 도저히 잡을 용기가 나지 않았다. 내가 땅이 꺼지게 한숨을 쉬며 걱정을 하자 내 짝 민자가 귀가 번쩍 트이는 말을 했다.

"걱정 마. 내가 얼른 한 깡통 잡고 네 것도 잡아 줄 테니 나만 따라다녀.”

구세주가 따로 없었다.

‘휴! 살았다.’

민자는 용감한 데다 자연친화적인 친구였다. 뱀도 지네도 무서워하지 않았으니 송충이 따위는 재밌는 놀잇감이었다.

이튿날 깡통과 나무젓가락을 든 여학생들이 소나무 숲속으로 들어갔다. 소나무에는 크고 작은 송충이들이 포도송이같이 다닥다닥 달라붙어 득실거렸다. 얼룩덜룩한 무늬에 길고 짧은 털이 뒤섞인 벌레들이 꾸물꾸물대며 나무 위로 올라갈 때면 “으악!” 하는 비명이 저절로 터져 나왔다.

그날 여학생들의 비명소리로 온 산이 뒤흔들렸다.

“으악!”

“꺄아아악!”

“엄마야!”

“어떡해!”

비명소리는 산울림이 되어 이쪽에서 “으악!” 하면 저쪽에서 “으악!” 하고 날아다녀 마치 귀신이 울부짖는 것 같았다.

내 짝 민자는 찍소리 한 번 안 내고 소나무를 타고

올라가 송충이를 사과 따듯 척척 잡아 깡통 가득 채 웠다. 송충이 잡기의 달인인 민자가 그렇게 용감하고 멋지게 보일 수 없었다. 민자의 맹활약 덕분에 송충 이 잡기 일등은 우리 반이 차지했다.

송충이가 채워진 깡통을 들고 검사를 받던 나는 또 한 번 놀랐다. 검사를 하는 선생님 뒤로 남산에서 잡 혀온 송충이가 남산만큼 쌓여 있었기 때문이다. 이 많은 송충이를 여학생들이 일일이 손으로 잡았다는 게 믿기지 않았다.

그때 그 많던 송충이는 다 어디로 갔을까? 지금은 송충이를 볼 수가 없다. 방제법이 생기고 난 후부터 서서히 사라져 버린 것 같다. 그렇지만 세월이 아무 리 흘러도 나는 여전히 송충이 그놈이 싫다. 무섭고 공포스럽고 징그럽고 정말 싫다. 지금도 자세하게 찍 힌 송충이 사진만 봐도 온몸이 근질거리며 나도 모르 게 비명이 터져 나온다.

"으악!!"

학교에 간 메이

　내가 살고 있는 주택가엔 멀쩡한 집을 때려부수고 다세대 주택들이 경쟁하듯 들어서고 있다. 도심 속 전원주택 같았던 집들이 콘크리트 건물로 바뀌면서 마당의 흙들이 시멘트 속으로 몽땅 사라지고 말았다. 그러자 흙속에 살고 있던 이웃집 지렁이, 개미, 땅강아지 등 각종 벌레들이 모두 우리 집 마당으로 이사를 왔다. 길고양이들도 새끼를 꿰차고 몰래 들어와 으슥한 구석에 진을 치고 산다. 그래서 우리 집 손바닥만 한 마당은 온갖 생명체들이 꿈틀거리는 시골 한 구석 같다. 얼마 전엔 강아지 한 마리까지 새 식구로 들어왔다. 영국 여왕이 제일 좋아했다는 골든리트리버다. 훈련만 잘 받으면 맹인안내견으로도 한몫 단단히 한다는 영리한 개란다.

5월에 데려왔기에 내가 오월이라고 부르자고 했더니 개 이름을 기생 이름처럼 지으면 어떡하느냐며 '메이'라고 지어 부르고 있다. 남편이 아침 저녁으로 녀석을 끌고 산책을 나가면 "와! 잘생겼다!" 하며 모두들 쳐다본다. 하기야 긴 다리를 쭉 펴고 금빛 털을 휘날리며 우아하게 걷는 녀석의 폼이 멋진 건 사실이다. 녀석 덕분에 '메이 할아버지'가 된 남편은 모르는 사람이 없을 정도다. 손주가 없다 보니 엉뚱하게 개 할아버지가 먼저 되고 말았다.

녀석이 우리 식구가 된 후로 침묵 속에 잠겨 있던 집이 시끌벅적 요란해졌다. 얼굴을 잊어버릴 만해야 겨우 나타나던 시집간 딸과 사위까지 매주 찾아와 메이를 끌어안고 좋아서 죽자 살자 한다. 막내딸은 남자 친구까지 데리고 와서는 녀석을 끌고 데이트를 하는 바람에 우리 식구는 자연스럽게 예비 사위와 가까워졌다.

하지만 메이를 제일 좋아하는 사람은 둘째 딸이다. 녀석의 건강 관리와 생활비를 책임지고 있는 둘째 딸은 짐승을 사랑하는 마음이 각별하다. 외출 후 돌아오면 두 눈을 반짝이며 온 마음을 다해 반가워하는 메이를 안아 주고, 놀아 주고, 빗겨 주고, 먹여 주었다. 강아지에게 쏟아 붓는 온갖 정성으로 부모를 위한다면 아마 효녀상 열 번은 더 받았을 것이다.

한번은 우리 집에 하림 닭고기 한 상자가 배달되었다. 둘째 딸이 보낸 것이었다.

"엄마가 닭고기 좋아한다고 보냈구나. 이젠 부모님께 고마워할 줄도 아네."

철이 든 것 같아 대견했다.

그날 저녁, 정성을 다해 닭볶음탕을 한 냄비 만들었다. 남편과 나는 닭요리로 배를 두둑이 채우고 딸이 돌아오기를 기다렸다. 고맙다고 말하며 안아줘야지. 그런데 늦게 돌아온 둘째 딸이 펄쩍펄쩍 뛰며 난리가 났다.

"엄마, 그 닭고기 드셨어요? 그걸 먹으면 어떡해요? 메이 주려고 산 건데……."

둘째 딸은 발까지 동동 구르며 부모님이 모르고 먹은 개밥이 아깝다는 듯 성질을 부렸다. 듣고 있자니 화가 치밀어 올라 견딜 수가 없었다. 개밥 먹은 것도 기분 나빠 죽겠는데 성질까지 내며 내 속을 뒤집어 놓다니. 닭고기를 먹은 덕분인지 힘도 넘치것다, 나는 긴 손가락을 뻗어 딸년의 얼굴을 거의 찌를 기세로 삿대질을 하며 악을 썼다.

"야, 넌 엄마 아빠가 개보다 못하다고 생각하니? 개는 음식 찌꺼기를 먹여 키우는 거야. 짐승한테 고기 사다 바쳐가며 키우는 꼴은 내 생전 처음 본다. 가라는 시집은 안 가고 내 원 참."

나는 사람들이 짐승을 사람처럼 인격화시켜 키우는 것이 몹시 못마땅했다. 마치 자기가 낳은 자식처럼 개에게 스스로를 "엄마"라고 부르는 경우가 어디 있단 말인가. 사람이 개의 엄마라니 어이가 없다.

온 식구가 녀석을 예뻐해서인지, 아니면 개들도 사춘기가 있어서인지, 몸이 조금 커진 메이는 어렸을 때와 달리 문제를 일으키기 시작했다. 밥그릇을 뒤엎어 놓고, 땅을 파헤치는 건 개들의 습성이라고 봐 준다 치자. 하지만 마당 한쪽에 조롱조롱 매달린 호박넝쿨을 뿌리째 뽑아 놓고, 구두를 벗어 놓으면 어느새 물고 앉아 잘근잘근 씹고 있고, 유선방송 선을 이빨로 절단내고, 울타리를 뛰어 넘어가 꽃밭을 짓이겨 놓기 일쑤였다. 보다 못해 빗자루라도 휘두르려고 하면 놀자는 줄 알고 경중경중 매달렸다.

결국 가족들이 모여 의논을 했다.

"메이 녀석의 사고를 막을 길이 없는데, 어찌하면

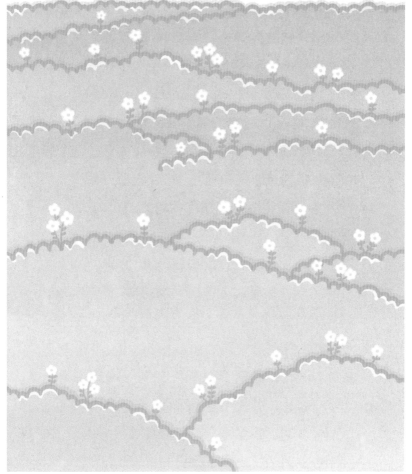

좋겠니?"

"메이를 강아지 학교에 보내 훈련시켜야겠어요."

"강아지 학교? 말도 안 돼! 사람 살기도 힘든 세상에 강아지를 학교에 보낸다니 누가 들을까 봐 무섭구나."

내가 강력히 반대를 하자 둘째 딸은 나를 설득했다.

"메이는 앞으로 몸집이 한참 더 커질 거예요. 지금 훈련받지 않으면 몸이 커진 뒤에는 말썽을 막을 방법이 전혀 없을 걸요."

나는 딸의 설득에 결국 승낙을 했다.

해서 녀석은 남양주 어느 한적한 마을에 있는 강아지 학교로 유학(?)을 떠났다.

그 후 주말이 되면 세 딸들은 마치 군대 간 아들 면회 가듯 뭉쳐 메이를 찾아 다니기 시작했다. 선물로 각종 간식과 뼈다귀를 싸 들고서 말이다. 돌아오는 길에는 맛집에 들러 점심도 먹고, 분위기 좋은 찻집에서 커피도 마시며 자매간의 우애를 돈독히 다지고 돌아왔다. 자녀들의 화기애애한 모습이 보기가 참 좋았다. 집에 와서까지 헤어지지 않고 모여 앉아 메이 이야기로 웃고 떠드는 옆에 내가 끼어들었다.

"남양주 어디쯤에 메이가 있다고?"

"엄마도 가보시고 싶으세요?"

"아니, 너희들이 하도 재미있게 얘기를 해서 물어봤을 뿐이야."

사실은 따라가고 싶었지만, 그동안 메이를 구박만 했으니 선뜻 간다고 나서기 민망해서 우물댔다.

"에이, 엄마도 가고 싶은 눈치인데요? 그러지 말고 다음 주에 같이 가요."

다음 주말, 메이를 만나러 딸의 차에 타려는데 남편도 덩달아 차에 올랐다.

"아빠도 메이한테 가시려구요?"

"네 엄마도 없는 집에 혼자 있기 싫어서."

남편도 민망했던지 엉뚱한 핑계를 댔다. 결국 그날 우리 일곱 식구는 단체로 메이의 면회길에 올랐다.

"이번엔 할아버지, 할머니까지 오셨네요."

훈련사가 메이를 데리고 나오며 말했다. 남편이 "메이야!" 하고 부르자 녀석은 수십 년간 헤어졌던 이산가족과 재회하듯 요란스럽게 달려와 품에 안겼다. 꼬리를 흔들고 얼굴을 핥으며 호들갑을 떨던 메이는 남편이 목을 쓸어주자 금세 잠이라도 들듯 사르르 눈을 감았다. 사람은 사람, 짐승은 짐승이라고 생각했었는데, 오랜만에 가족을 만나 행복에 잠긴 메이의 얼굴을 보자 묘한 기분이 들었다. 한번 정을 주고 나면 사람이든 짐승이든 똑같이 소중한 식구가 된다는 걸 느꼈다.

그 후 메이는 4개월의 고된 훈련을 마치고 집으로 돌아왔다. 그동안 만화가인 둘째 딸은 메이의 이야기를 만화로 그려 대박을 냈다. 메이의 학비를 대고도 남아 온 식구에게 거하게 한턱을 낼 정도였다. 집으로 돌아온 메이는 예전과 다르게 말귀도 잘 알아듣고, 낯선 사람은 집 근처에 얼씬도 못하게 짖어대며 유학(?) 갔다 온 티를 맘껏 내고 있다. 나는 그런 녀석을 믿고 집을 통째로 맡긴 채 오늘도 외출을 하며 명령을 한다.

"메이야, 집 잘 지켜!"

거절할 줄 모르는 여자

　미국 사람들이 즐겨 하는 두 가지 유명한 말이 있다. 하나는 "싫으면 확실하게 'NO'라고 말을 하라."이고, 나머지 하나는 "올바른 생각이 떠오르면 그 자리에서 실행하라."이다. 하지만 'NO'라는 말의 사용은 각 나라마다 조금씩 다르다. 미국 같은 나라야 싫으면 가차없이 'NO'라고 말한다지만, 정을 중요시 여기는 우리나라 사람들은 거절을 했다가 나쁜 사람 취급을 받지 않을까 잠시 망설이게 된다. 그래서 싫으면서도 눈치를 보아가며 'NO'라고 말한다. 'NO'라는 말을 잘 못하는 사람은 대부분 마음이 약하고 착한 사람들이 많다. 착하기 때문에 다른 사람의 입장을 먼저 생각하여 상대방에게 호의를 베푼다. 그렇게 YES맨이 되다 보면 어쩌다 'NO'라는 대답을 하게 될 때 상대방이 화를 내거나 면박을 주며 함부로 대할 수도 있다. 그래서 애초에 누가 선을 넘으려고 하면 목소리를 높여 "안 되겠어요. 못 합니다."라고 확고하게 뜻을 전해야지 얼버무리는 말로 여지를 주면 안 된다. 거절은 무례한 행동이 아니다. 자신의 생각을 확실하게 전해 타인에게 어설픈 희망을 주지 않음으로써 더 큰 실망과 상처를 예방하는 일이다.

내가 아는 여성 중에 매우 아름다운 아가씨가 있다. 윤기 나는 긴 머리에 하얀 피부, 거기다 목소리까지 낭랑해서 인기가 많다. 한 가지 흠이라면 대인 관계에 있어서 'NO'와 'YES'가 분명치 않고 부끄럼을 많이 탄다는 것이다. 그녀는 남자들이 만나자고 할 때마다 고개를 숙일 뿐이었다. 관심 있는 남자가 작은 선물이라도 건네면 망설이다가 마지못해 받는다. 그러다 보니 남자들은 저마다 그녀가 자기를 좋아하는 줄 착각하고 헛물을 켰다. 언젠가 한 남자가 "그녀는 내 여자야."라고 말했다가 치고받고 싸우는 일이 발생했다. 그녀가 꺼내지 못한 'NO'라는 말 한마디로 인해 남자들의 돈독한 우정이 깨지고 말았다.

"태도를 똑바로 해. 싫으면 싫다고, 좋으면 좋다고

분명히 말하라고. 왜 오해받을 짓을 하니?"

친구가 충고를 했다. 그러자 그녀의 대답이 가관이었다.

"지금껏 받은 선물 뜯지도 않았다고……. 주는 선물을 거절 못 했을 뿐이야."

그녀는 마치 거절곤란병에 걸린 중증 환자 같았다.

그 즈음 그녀에게 지인으로부터 전화가 왔다. 미국 유학 중인 최고의 신랑감이 있는데 한번 만나 보라고 했다. 가정형편도 넉넉하고 앞으로의 장래도 촉망되는 유능한 인재라고 했다. 그녀는 솔깃했다. 그녀의 부모도 더 바랄 게 없는 신랑감이라며 만족해했다. 부모끼리 미리 만나 상견례까지 했다. 그들은 전화로, 편지로 사랑을 키워 나갔다. 신랑감이 적극적으로 접근해 왔다. 남자가 사랑 고백을 했다. 그녀는 배시시 웃었다. 방학을 이용하여 결혼식을 올리러 갈 테니 기다려 달라고 했다. 그녀는 고개만 숙이고 있었다. 그녀가 싫다고 말하지 않은 것을 암묵적인 승낙으로 여기고 약혼의 증표로 황금 목걸이를 인편에 보냈다. 그녀는 말없이 받았다. 드디어 신랑감이 결혼을 하기 위해 서울로 날아왔다. 그런데 이게 웬일인가? 그녀에 대한 이상한 소문이 나돌고 있었다. 그녀에게 숨겨놓은 남자가 있다는 거였다. 이미 숨겨놓은 남자 집에 인사차 다녀왔고 결혼날짜까지 잡았다는 소문이 날개를 달고 퍼져 나가고 있었다. 이 소식을 들은 그녀의 친구들은 발칵 뒤집혔다. 뭇 남자들의 관심을 받는 것도 배가 아파 죽을 지경인데 두 남자의 결혼 상대라니……. 친구들은 질투의 깃발을 들고 거의 죽일 듯이 달려들어 욕을 퍼부었다. 고상한척, 청순한 척 하면서 뒤로는 양다리를 걸쳤다는 둥, 간교한 여우를 마음속에 열 마리나 품고 있다는 둥, 깨부술 듯이 그녀에게 달려들었다. 소문은 유학생뿐아니라 주위의 모든 남자들 귀에 다 들어갔다. 그녀의 결혼은 결국 깨지고 말았다. 이후 그녀는 방에 틀어박힌 채 온종일 울기만 했다.

사실 그녀는 사생활이 복잡한 아가씨는 아니었다. 그저 지나치게 수줍어하고 내성적일 뿐이었다. 남자들이 얘기를 건네면 말까지 더듬을 정도였으니까. 만나자고 할 때마다 'NO'라고 하지 못하고 '가서 밥만 먹고 오면 되겠지 뭐. 밥 한 끼 같이 먹는다고 큰일 나겠어?'라고 생각했다.

그러나 남자들의 마음이라는 게 어디 그런가. 마음속 여신이었던 그녀가 식사 자리에 나와 준 것만으로

'YES'라고 믿었던 것이다. 급기야 상황은 최악으로 치달았다. 맺고 끊고, 'YES'와 'NO'가 분명치 않은 헐렁한 여자가 결혼생활을 잘할 수 있겠느냐며 모두 등을 돌리고 손가락질을 했다.

누구를 막론하고 거절을 해야 할 순간이 있다. 그때 'NO'라고 말할 수 있는 용기가 필요하다. 또한 남녀 사이의 금기는 철저히 지키고 스스로 정한 원칙은 무슨 일이 있어도 고수해야 한다. 무게 있는 현대인으로 살아가려면.

나트랑에서 생긴 일

여권도 가방에 넣었다. 비행기 티켓도 손에 쥐었다. 공항에선 함께 여행할 남편 친구 부부와 시동생 부부가 근엄했던 표정을 풀고 헤픈 웃음을 흘리며 즐거워하고 있었다. 이번 여행은 특별하다. 내가 김씨 집안의 가족이 된 지 50여 년 만에 처음으로 시동생 부부와 여행을 떠나게 되었기 때문이다. 남편은 형제간의 우애를 돈독히 하고 동서간의 친목을 다지는 시간을 기대하며 이번 여행에 시동생 부부를 초대했다.

여행의 시작은 평온하고 행복했다. 약간의 불만이 있다면 비행시간이 지연된 데다, 승객들을 다 태우고도 비행기가 활주로에서 지루할 정도로 지체를 했다는 점이었다. 참을성 많은 남편조차 "이놈의 비행기,

떠나기는 하는 거야?"라며 인상을 썼다.

"못마땅하면 자가용 비행기라도 사서 타고 다니시구려."

내 농담이 끝나기가 무섭게 비행기는 활주로를 벗어나 하늘로 솟구쳤다. 어쨌거나 그날 베트남 항공기는 늦은 밤이 되어서야 목적지에 우리를 내려 주었다. 긴 비행의 피로에 시달린 덕분에(?) 고희를 넘긴 이들은 숙소에 도착하자마자 코까지 골아가며 꿀잠을 잤다.

다음 날부터 시동생 부부와 우리 부부는 나트랑에서 일주일, 달랏으로 이동하여 일주일을 보내는 15일간의 여행을 시작했다.

"자, TV에도 소개된 적이 있는 유명한 카페에서 커피 한 잔씩 마시고 여행을 시작하겠습니다."

나트랑의 매력에 푹 빠져 이번 여행이 세 번째라는 공 대장이 가이드로 나서며 말했다. 나트랑은 아름다운 바다와 휴양지로 유명한 곳이다. 그래서인지 한 집 건너 하나씩 호텔과 카페가 들어서 있었다. 특히 레인 포레스트라는 카페는 도심 속 정글 숲처럼 꾸며놓아 마치 깊은 숲속에 들어앉아 있는 기분이었다. 층별 인테리어가 어찌나 독특하던지, 조금만 젊었다면 이런 멋진 카페의 사장 노릇을 한 번쯤 해보고 싶다는 생각이 들 정도였다. 우리는 새장 모양의 홀 안에 앉아 드리퍼와 서빙되는 베트남식 커피를 향기와 함께 마셨다. 먹물보다 진한 커피는 소문대로 최고였다.

"다음은 나트랑의 관광명소인 포니카 사원으로 이동하겠습니다."

베트남 기사는 봉고차를 냉방으로 만들어 놓고 우리를 기다렸다. 그러나 날씨가 워낙 더워 차에서 내리자마자 땀이 줄줄 흘렀다. 그런데도 포니카 사원은 엄청난 관광객들로 붐비고 있었다. 다양한 국적을 가진 사람들이 뒤섞여 떠드는 말들이 총알처럼 날아다니며 노인들의 정신을 쏙 빼놓았다. 게다가 벗다시피 한 옷차림의 사람들과 몸을 부대껴 가며 사원을 올라가다 보니 외국인 특유의 땀냄새가 진동해 숨쉬기가 어려웠다. 참고 올라가 고풍스러운 건축물과 아름다운 주위 환경을 보니 더위가 한 방에 날아가는 듯했다.

"형님, 그늘에 앉아 쉬었다 내려가요."

동서가 말했다. 우리는 나무그늘에 앉아 아름답게 펼쳐진 시내를 내려다보았다.

올라갈 땐 몰랐는데 내려오다 보니 길이 가파르고 미끄러웠다. 현지인 가이드가 관광객들에게 "오른쪽

엔 벼랑이라 떨어지면 큰일이니 조심해서 내려가 주시기 바랍니다."라고 주의를 주었다. 동서와 나는 나란히 서서 야트막한 난간을 오른손으로 짚어가며 조심조심 내려가기 시작했다.

그때 우리 뒤쪽에서 누군가가 돌에 걸려 넘어진 듯하더니, "으악!" 하는 비명이 요란스럽게 들렸다. 깜짝 놀라 걸음을 멈추고 돌아보니 웬 남자가 벼랑으로 떨어져 데굴데굴 서너 바퀴 구르며 곤두박질을 치다가 가로막고 있는 바위를 쾅 들이받고 나가떨어지는 게 아닌가. 이 광경을 목격한 수백 개의 눈동자들이 부들부들 떨며 그 남자에게 꽂혔다.

"죽었으면 어떡하지?"

깜짝 놀란 사람들은 눈을 동그랗게 뜨고 치명적인 사고가 아니기를 기도하며 웅성거렸다. 그때였다. 내 뒤를 따라오던 동서가 갑자기 벼랑 밑으로 허둥지둥 내려가며 고함을 쳤다.

"여보! 어떡해! 어떡해!"

동서는 피투성이가 된 남자를 끌어안고 애타게 울부짖었다.

'아니, 그렇다면…… 저 남자가 내 시동생?'

심장이 멈춘 듯 몸이 와들와들 떨리며 나는 그만 발

이 땅에 붙은 듯 꼼짝할 수가 없었다.

'만약 시동생이 잘못됐으면 어떡하지?'

방정맞은 생각들이 줄다리기를 하고 있는데, 언제 모여들었는지 시동생 옆으로 베트남, 라오스, 중국, 러시아, 일본, 한국 등 온갖 국적의 사람들이 빙 둘러서서 구원의 손길을 내밀고 있었다.

"내 등에 업혀요."

"구급차를 부를게요."

"뇌진탕이면 서둘러야 해요."

"무슨 부탁이든 하세요."

몰려든 사람들은 한 생명이 잘못될까 봐 발을 동동 구르며 안타까워했다. 그런데 놀라운 일이 생겼다. 미동도 않고 쓰러져 있던 시동생이 아내의 손을 잡고 천천히 몸을 일으키고 있는 게 아닌가. 시동생은 고통스런 표정으로 "괜찮은 것 같아요." 하며 일그러진 미소를 지었다. 그러자 각 나라 사람들은 "와! 이건 기적이다, 기적!" 하며 엄지손가락을 치켜 올리고 손뼉을 쳤다. 그리고 "GOD BLESS YOU."라는 말을 남기고 각자 가던 길로 되돌아갔다.

그때야 남편이 달려들어 여기저기 흩어진 동생의 카메라, 모자, 안경을 줍고 신발을 찾아 신겨 주었다.

시동생의 오른쪽 바지 무릎 부분이 찢어져 너덜거렸다. 새파랗게 질려 있던 동서도 정신을 가다듬고 더 이상 다친 곳이 없는지 침착하게 남편의 몸을 살폈다.

우리는 시동생을 응급실로 데리고 가서 검사를 받았다. CT촬영 결과 머리는 아무 이상 없이 깨끗했다. 그러나 오른쪽 팔꿈치 뼈가 세 조각으로 부서지고 갈비뼈도 부러져 서둘러 치료를 받아야만 했다. 그날 밤 시동생 부부는 15일간의 여행 일정을 반나절도 못 채우고 집으로 돌아가기 위해 휠체어에 실려 공항으로 향했다.

'기적은 하늘을 날거나 바다 위를 걷는 것이 아니라 땅에서 걸어다니는 것이다.'

시동생 부부를 태운 비행기가 서울을 향해 날아가는 것을 보며 나는 문득 중국 속담이 생각나 중얼거렸다.

봉숭아물 들이던 날

담장 밑에서 피어나는 꽃들을 들여다본다. 순간 고
향 생각에 와락! 그리움이 몰려 온다.

초가마을 우리 집 마당에 여름의 문이 활짝 열리면
맨드라미, 백일홍, 달리아, 봉숭아, 나팔꽃, 채송화,
분꽃 들로 꽃 부잣집이 되었다. 그중에서도 봉숭아꽃
은 특별히 애지중지 보살핌을 받던 꽃이다. 보리밥을
먹고 자란 시골 촌순이의 손톱발톱을 빨갛게 물들여
주던 꽃이었으니까. 어디 촌순이뿐인가? 그녀의 친
구들도 봉숭아꽃물 들일 생각에 얼마나 행복해했던
지. 동동구루무 하나 제대로 사서 쓸 수 없었던 가난
한 여자들에게 봉숭아꽃물 들이기는 그야말로 최고
의 미용법이었다.

식물은 청력을 지녔다고 한다. 주인의 발소리를 듣고 자란다고도 한다. 그런 말에 공감하며 꽃들을 오래 사귄 후에야 알게 된 사실이 있다. 꽃들은 욕심을 내거나 남을 헐뜯고 흉을 보며 싸울 줄을 모른다. 하지만 나름대로 주관이 강하고 성질도 있으며 고집쟁이다. 한낮에 꽃을 피우라고 가르쳐도 저녁때만 고집하며 피는 분꽃. 얼굴이 까맣게 타도 좋다며 해만 졸졸 따라다니는 해바라기. 밟히고 꺾여도 으샤! 하고 일어나는 강한 성격의 채송화. 시인 릴케가 여자 친구에게 꺾어 주려다가 가시에 찔려 죽었다는 꽃의 여왕 장미까지.

그렇다면 봉숭아는 어떤 성격을 가지고 있을까? 봉숭아는 독특한 냄새를 품고 있어서 귀신이나 뱀을 쫓아낸다고 알려진 용감한 꽃이다. 그래서 금사화라는 또 다른 이름을 가지고 있다. 뱀이 많던 시절 시골에서는 울밑에, 마당가에, 장독대 주변에 병정을 세워놓듯 봉숭아를 심었다. 봉숭아는 씨앗이 영글 때 살짝만 건드려도 성질을 부리며 씨주머니를 홀랑 뒤집어 버린다. 그래서일까? 봉숭아의 꽃말은 '나를 건드리지 마세요.'이고, 영국에서는 'Touch me not.'이라는 꽃말 그대로 이름이 되어 부르고 있다지 뭔가.

시계가 귀했던 시절, 우리네 어머니들은 분꽃이 피어나는 것을 보고 저녁밥을 지었다.

"얘, 분꽃이 피었다. 보리쌀 으깨고 감자 까서 저녁하거라."

어머니의 말씀에 큰언니가 부엌으로 들어간다. 그리고 저녁 밥상을 물리면 엄마는 마당 한쪽에 모깃불을 지핀다. 모깃불 밑에 불쏘시개로 바싹 마른 보리짚을 넣고는 쑥대 한 무더기를 올려놓는다. 그러면 타다닥타다닥 생쑥 타는 매캐한 냄새가 코를 자극하고, 호시탐탐 사람 피를 노리던 모기 떼들은 줄행랑을 친다. 그때쯤 마당엔 멍석이 깔리고 봉숭아 꽃잎과 백반, 소금, 괭이밥 몇 잎까지 섞어 콩콩 찧어 놓은 꽃 반죽이 나온다. 아주까리 잎과 무명실 한 타래도 따라온다. 환한 달님과 주먹만 한 별들은 구경하느라 눈이 커질 대로 커진다. 우리 자매는 사금파리를 주워다 날을 세워 흙물이 누렇게 낀 손톱을 말갛게 갈아 낸다. 그리고 딸 네 명이 둘러앉아,

"내가 먼저야!"

"무슨 소리? 내가 먼저야!"

다툼을 벌이며 엄마한테 머리를 들이민다. 시끌벅적 소리에 옆집 옥자 엄마가 두 딸을 끌고 마실을 온

다. 마실은 핑계고 30개의 손톱을 내밀며 꽃물을 들여 달랜다. 미안한 건 아는지 키득키득 웃는다.

야들야들한 아주까리 잎이 봉숭아 반죽 올린 손톱을 야무지게 꼭꼭 싸매고 나면 무명실이 달려들어 꽁꽁 동여맨다.

"성님, 첫눈 올 때까지 꽃물이 남아 있어야 첫사랑을 만나 시집 갈 수 있으니께 반죽 듬뿍듬뿍 올려 주시라우요."

노처녀 고모가 너스레를 떤다. 그러면 딸들은 아버지를 챙긴다.

"아바지도 발톱에 봉숭아물 들이시라우요. 그래야 풀숲에 가도 비얌한테 물리지 않지요."

식구끼리만 모여 앉으면 찐한 이북사투리가 무성해지며 까르르까르르 웃음소리가 골목길까지 울려 퍼진다. 아이들 눈에 가물가물 잠이 가득 들어차면 여름밤의 세시풍속은 끝이 나고 마당가에 모깃불도 물 한바가지 뒤집어 쓰고 푸석 소리를 내며 주저앉는다. 어린시절 이토록 순수한 동화 속 세계 같은 추억은 그리움이 되어 남는다. 그리움은 가슴속에 숨겨 놓은 가장소중한 풍경이다.

그립다, 옛친구

　황혼의 언덕을 훌쩍 넘어온 지금까지 좋은 친구가 곁에 있다는 건 분명 축복받은 일 중에 하나일 것이다. 이제 새롭게 친구를 사귈 나이도 지나고, 현재 있는 친구와 정을 나누며 인생 끝나는 날까지 지낼 수 있다면 그보다 더 기쁜 일이 어디 있을까. 그래서 친구는 묵은 친구가 좋고 옷은 새옷이 좋다는 속담까지 있나 보다.

　나는 그동안 여러 친구들을 사귀며 지내왔다. 학교에서, 사회에서, 직장에서, 교회에서……. 그중에서 잊을 수 없는 친구를 들라 하면 제일 먼저 대학교 때 같은 과 벗들이었던 금숙이와 영란이를 꼽겠다. 먼저라고 하는 것은 빨리 머리에 떠오르는 친구를 뜻한다. 그 친구들과 있었던 일은 세월이 아무리 흘러도 잊을 수가 없으니까 말이다.

그 무렵 대학 졸업시험이 있던 날이다. 시험 날짜가 다가오고 시험 전날이 되면 항상 공부할 시간이 모자란 듯 쩔쩔매며 공부에 열을 올린다. 어렵게 구한 커피를 먹물처럼 찐하게 탄 후 단숨에 쭈욱 들이켜고는 당일치기 공부에 돌입한다.

유아교육학과에서는 작곡법 공부가 매우 중요하다. 시나 동시에 가락을 붙이기도 하고, 멜로디만 있는 단음에 화음을 넣어 반주할 수 있도록 하는 공부였다. 일반 대학 작곡과와는 달리 유아교육학과에서는 기초적인 것을 배워 어린이들 동요 시간에 반주를 할 수 있으면 된다. 내가 특별히 좋아하던 과목이라 밤 늦도록 이론 공부를 하고 잠이 들었다.

아침 6시쯤 되었을까? 새벽기도회를 다녀오신 아버지가 밖에 누가 찾아왔다며 나를 깨웠다. 아무리 생각해도 찾아올 사람이 없는데 도대체 누굴까? 나는 떠지지 않는 눈꺼풀을 억지로 치뜨고 하품을 연신 해대며 밖으로 나갔다. 밖에는 내가 유아교육 실습을 나갔던 교회의 목사님이 서 계셨다. 심청이를 만난 심봉사처럼 나는 깜짝 놀라 눈이 번쩍 떠졌다.

"어머, 목사님! 이른 아침에 저희 집엔 어떻게 오셨어요?"

"유 선생님 도움이 절실히 필요해서 염치 불구하고 찾아왔습니다."

목사님은 사정을 이야기했다.

"우리 교회 부속 유치원 원장님이 갑자기 맹장이 터져 새벽에 응급실에 실려 갔어요. 오늘 오전에 백여 명이 넘는 원아들 졸업식이 있는데, 보조 선생님 혼자서는 감당할 수 없을 것 같아요. 유 선생님이 오셔서 원장님 대신 진행을 맡아 주실 수 있을까요?"

물론 졸업시험이 없는 날이면 기꺼이 가겠지만 공교롭게도 내 시험과 유치원 졸업식이 오전 10시, 같은 시간이었다. 무단결석에다 졸업시험까지 안 보게 되면 불이익이 닥칠 게 불보듯 뻔했다.

"목사님. 안되겠어요. 졸업시험 안 보면 졸업 못 할지도 몰라요. 죄송합니다."

내 말에 목사님은 난감한 얼굴로 한참을 서서 생각하시더니 숨을 길게 몰아쉬며 간절한 목소리로 말씀하셨다.

"선생님, 만약 시험을 안 봐서 졸업에 문제가 생기면 우리 유치원으로 모실 테니 취직 걱정은 마시고 좀 도와주십시오. 부탁드립니다."

목사님의 간청에 마음이 흔들렸다. 어찌나 간곡하게 사정을 하던지 도저히 거절할 수가 없어 재시험을 보기로 하고 승낙을 했다. 그 시절 우리 집엔 전화가 없었다. 그래서 친구들한테 연락도 못한 채 무단결석을 하고는 유치원 졸업식을 진행하러 갔다. 그렇게 6개월 동안 실습하면서 정이 든 꼬마들의 졸업식이 무사히 끝났다.

그 뒷날, 보육학개론 시험을 보기 위해 일찍 학교에 갔다. 먼저 와 있던 친구 금숙이가 나를 보자마자 눈을 동그랗게 뜨고 달려와 한쪽으로 끌고 가더니 비밀스럽게 속삭였다.

"야! 너 어쩌자고 연락도 없이 졸업시험 보는 날 결석을 하니? 아무리 기다려도 네가 오지 않아서 내가 너 대신 시험지 써서 제출했어. 쉿, 이건 비밀이다."

"정말? 너무 고맙다!"

나는 금숙이의 손을 잡고 경중경중 뛰며 기뻐했다. 심지어 금숙이는 작곡 이론 실력이 월등한 친구였다.

"대신 오늘 점심 내가 살게."

둘이서 깔깔거리며 교실로 들어서는데 영란이가 나를 보고 한달음에 쫓아왔다.

"너 간덩이도 크더라. 졸업시험 안 보면 어떻게 되는지 알지? 어찌나 걱정이 되던지 내가 네 시험지 대신 써냈어. 떨려서 죽는 줄 알았네……."

그 말을 듣는 순간 가슴이 철렁 하고 내려앉았다. 내 이름으로 두 장의 시험지가 제출되었다니, 발각될 경우 세 명 모두 큰 벌을 받을 수 있었다. 그렇다고 친구를 위하여 위험을 무릅쓰고 시험을 대신 봐준 친구들에게 책임을 돌릴 수는 없었다. 한숨이 길게 나왔다. 일은 이미 벌어졌으니 지혜롭게 수습하는 길밖에 없었다.

졸업시험의 마지막 날 오후, 우리 셋은 의기투합하여 나운영 교수님 댁을 찾아가기로 했다. 나운영 교수님은 그 시절 매우 유명한 작곡가였다. 지금도 그분이 작곡한 곡들이 많은 사람들에게 사랑을 받고 있다. 대표적인 곡으로 「여호와는 나의 목자시니」, 「달밤」이 있다. 나운영 교수님은 원래 다른 대학에 근무하시면서 내가 다니던 대학엔 일주일에 한 번씩 작곡법 출강을 나오셨다. 자그마한 키에 당당하고 위엄이 가득하면서도 온몸에서 예술의 끼가 넘쳐흐르던 멋진 교수님이셨다.

이번 일은 순전히 나 때문에 벌어진 것이라 책임

을 지고 앞장을 섰다. 우선 가게에 들어가 교수님 댁에 들고 갈 선물을 샀다. 그때는 설탕이나 계란을 선물로 많이 들고 다녔다. 해서 짚으로 싼 계란 세 줄을 사 들고 교수님 댁을 찾아가 초인종을 눌렀다. 마침 집에 계시던 교수님께서는 누구냐고 묻지도 않고 문을 열어 주셨다.

방안에 들어간 우리는 우선 넙죽 엎드려 큰절부터 드렸다. 그리고 내가 먼저 솔직하게 자초지종을 아뢰며, 온전히 내 잘못이니 친구들은 용서하시고 나에게만 벌을 내려 달라며 다 죽어가는 목소리로 말했다. 그러자 옆에 있던 금숙이가 나섰다.

"교수님, 유영자는 아무 잘못이 없어요. 부탁도 안 했는데 잘난 척하고 대신 시험을 봐준 제 잘못이 큽니다. 두 친구는 용서하시고 저에게만 벌을 주세요."

금숙이의 목소리엔 진심이 묻어 있었다. 영란이는 고개를 푹 수그리고 가짜로 콧물까지 훌쩍이며 우는 척을 했다.

말없이 우리들의 이야기를 듣고 계시던 교수님은 시험 성적을 들추어 보시더니 들릴 듯 말 듯 한마디 하셨다.

"셋 다 공부들은 곧잘 하는구면."

그리고 빙그레 웃으셨다.

"나는 오늘 자네들의 우정에 큰 감동을 받았네. 이처럼 아름다운 우정을 가진 학생들이 있다는 건 아주 자랑스러운 일이야. 교사의 역할은 학생들을 교육하는 것뿐 아니라, 자네들처럼 따뜻한 사랑을 공유하고 나누는 것이라는 걸 잊지 않길 바라네. 그리고 이번 일은 용서하기로 하지."

그때는 교수님들도 너그러웠다.

교수님은 일하는 아이를 불러 다과상을 부탁했다. 바늘방석에 앉은 것 같았던 우리는 빨리 돌아가려고 뜨거운 차를 단숨에 들이켜다 혀까지 데었다. 그러고는 감옥에서 석방된 듯 홀가분한 마음으로 교수님 댁을 빠져 나왔다.

황혼이 내려앉은 지금도 우리 셋은 대리시험으로 한바탕 난리를 겪었던 그날을 떠올리면 깔깔 웃음부터 나온다. 오늘은 오랜만에 할머니가 된 그리운 옛 친구들을 만나 실컷 웃고 떠들다 와야겠다.

목격자

"오라이!"

내 나이대의 사람이라면 누구나 이게 무슨 소리인지 알 것이다.

내가 젊었을 적엔 지금처럼 자가용을 굴리는 가정이 드물었다. 시내 교통수단으로 대부분 버스를 이용했다. 승객이 많은 시간대가 되면, 버스 안내양(차장)들은 한 명이라도 더 태우려고 있는 힘을 다해 승객들을 버스 안으로 밀어 넣고는 닫히지 못한 문짝을 두드리며 '오라이' 하고 외쳤다. 그러면 운전기사는 출발하다 말고 일부러 급브레이크를 밟아 차를 한번 출렁 흔들었다. 그럴 때마다 와! 하는 함성이 터지며 기적처럼 버스 문이 닫혔다. 이렇듯 콩나물시루처럼 **빽빽**해진 버스 안은 쓰리꾼이라 불리던 소매치기의 좋은 활동무대였다. 버티고 서 있기 힘든 승객들의 얄팍한 돈주머니를 뒤져 슬쩍하고는 다음 정거장에서 내려 버리면 그만이었으니까.

우리 가족이 휴일을 맞이하여 나들이를 하러 가게 된 날이었다. 청량리역에서 춘천 가는 기차를 타기 위해 잠실에서 버스를 탔다. 마침 맨 뒷자리가 비어 있어서 남편이 아이들을 데리고 앉았다. 내 옆에는 멋쟁이 아가씨가 핸드백의 긴 끈을 손에 둘둘 말아 쥐고는 공중에 매달린 손잡이를 잡고 서 있었다.

다음 정거장에서 한 무리의 승객들이 우르르 올라타자 조용하던 차 안은 갑자기 부산해지며 사람들로 붐볐다. 그때 맞은편에 앉아 있던 남자가 슬그머니 일어나더니 아가씨와 나 사이에 끼어 섰다. 벗겨진 머리 때문인지 나이가 꽤 들어 보이는 아저씨였다. 너무 가까이 붙어 서서 씩씩대는 숨소리까지 들리기에 나는 옆으로 약간 비켜섰다. 그러자 남자는 이번엔 멋쟁이 아가씨 뒤에 딱 붙어 서서 긴 팔을 올려 손잡이를 잡았다. 무심코 그의 손을 올려다보던 나는 소스라치게 놀랐다. 검지와 중지 사이에 예리한 칼날이 반짝하고 보였기 때문이다.

남자의 커다란 손이 아가씨의 핸드백을 스치자 핸드백은 순식간에 찢어졌고, 남자는 돈지갑만 쏙 빼들고 유유히 사람들 틈에 섞여 버렸다. 동작이 어찌나 빠른지 보고 있으면서도 믿기지 않았다. 오스스 소름이 돋음과 동시에, 소매치기가 버스에서 내리기 전에 잡아야겠다는 정의감에 불타올랐다. 나는 재빨리 버스 기사에게 가서 "이 차에 쓰리꾼이 탔어요." 하고 알렸다.

잠시 후 '애앵애앵' 하는 요란한 소리가 울리면서 경찰차 두 대가 버스 양옆으로 따라붙었다. 버스 기사가 비상 신호를 보냈던 모양이다.

버스는 백차의 보호를 받으며 노선을 벗어나 엉뚱한 길로 숨가쁘게 달렸다. 승객들이 영문을 몰라 어리둥절해하는 사이, 버스는 청량리경찰서 주차장에 멈추어 섰다. 미리 나와 있던 경찰서 직원들이 버스의 앞뒤 문을 가로막자, 경찰봉을 손에 든 경찰이 버스 안으로 올라왔다. 그리고 승객들을 휘 둘러보며 외쳤다.

"이 차 안에서 쓰리꾼을 본 목격자가 있으면 앞으로 나와 협조해 주십시오!"

순간 가슴이 쿵 하고 내려 앉았다. 일이 이렇게 커

질 줄은 몰랐다. 버스 승객들은 서로 얼굴을 마주보며 눈치만 보고 있었다. 나는 심장이 두방망이질 치고 가슴이 터질 듯 호흡마저 거칠어졌다. 그때 남편이 몸을 수그리고 내게 다가왔다. '그래도 남편밖에 없구나.' 하며 감동하려는 순간, 남편은 내 귀를 잡아당기며 속삭이듯 말했다.

"있잖아, 일이 복잡해질 것 같으니 지금부터 당신과 나는 남남처럼 행동하자고. 절대 아는 척하지 마. 혼자 책임져. 알았지?"

예상치 못한 남편의 태도에 어이가 없었다. 홧김에 남편과 같이 목격했다고 말하려는 찰나 경찰이 재차 외쳤다.

"어서 나와 범인을 지목해 주십시오. 목격자 어디 있습니까?"

나는 두근대는 가슴을 지그시 누르고 앞으로 나섰다.

"전데요."

순간 버스 안 눈동자들이 모두 나에게 달라붙었다. 나는 눈으로 더듬거리며 쓰리꾼을 찾았다.

그런데 없다. 눈에 확 띄던 대머리에 베이지색 점퍼를 입은 남자가 감쪽같이 사라졌다. 버스 밖으로 나간 사람은 아무도 없는데 도대체 어디로 숨어 버렸단

말인가. 마치 귀신에 홀린 것 같았다. 내 신고로 버스
가 이 많은 승객을 싣고 경찰서까지 왔는데, 범인이
없으면 어떡한담? 아까보다 마음이 더 콩닥거리며 졸
아붙기 시작했다. 그때 맨 앞에 앉아 있는 남자가 눈
에 들어왔다. 대머리는 아니었다. 하지만 내 느낌으
로는 그 남자가 분명했다.

　나는 자신있게 턱으로 그 남자를 가리켰다. 그러자
경찰은 남자에게 다가가 머리를 확 잡아당겼다. 가발
이 홀러덩 벗겨졌다.

　"또 너냐?"

　단골 쓰리꾼이었던 모양이다. 주머니에서 나온 두
루마리 종이의 한쪽을 잡고 펴자 여러 개의 칼날이
반짝반짝 빛을 발하며 후드득 떨어졌다.

　경찰은 남자의 팔을 비틀어 잡고 밖으로 끌어 내렸
다. 같이 탔던 승객들은 안도의 미소를 띠며 다가와
나의 용기를 칭찬했다. 다만 남편만이 멀찍이 앉아
목격자 아내를 힐끔힐끔 쳐다보고 있었다.

내가 사랑하는 산책길

　우리 집에서 5분 거리에는 호수가 하나 있다. 석촌호수라는 곳인데 둘레가 2.5킬로 정도 되고, 걸어서 한 바퀴를 돌면 30분이 걸린다. 호숫가를 둘러싼 산책로는 우레탄으로 포장되어 있어 두서너 바퀴를 걸어도 무릎이나 발목에 부담이 가지 않는다.

　호숫가 양쪽으로는 벚나무들이 서로 손을 마주잡고 서 있어 봄에는 꽃 터널, 여름엔 숲 터널, 가을엔 단풍 터널, 겨울엔 눈꽃을 하얗게 피워 보는 이로 하여금 감탄을 자아내게 한다. 호수 면에는 거위, 오리, 가끔 찾아오는 왜가리들까지 한가로이 노닐고 있을 뿐 아니라 물속엔 색색의 잉어 떼들이 거북이와 평화롭게 헤엄을 치고 있어서 그 모습을 구경하는 것도 걷는 것 못지않은 즐거움이다.

봄이 되어 연분홍 벚꽃이 팝콘을 튀기듯 팡팡 터질 때면 수많은 인파들로 북새통을 이룬다. 그런 호숫가를 나는 매일 아침 우리 집 앞마당을 걷듯 일과 삼아 걷는다.

몇 년 전까지만 해도 나는 일주일에 네댓 번은 등산을 다녔다. 주로 서울 근교에 있는 청계산, 관악산, 남한산성, 아차산, 가끔은 도봉산도 올랐다.

그날도 나는 청계산 정상까지 거뜬히 올랐다. 비탈길을 오를 때에는 몇 번 멈추어 서서 숨을 고르곤 했지만 내리막길에선 자신 있게 앞장서서 내려왔다. 뒤처진 일행들이 부러운 듯 한마디씩 했다.

"나이답지 않게 산을 잘 내려가네요."

그런데 그 뒷날 아침, 잠자리에서 일어나려고 하니 다리에서 삐거덕 소리가 나며 발목이 시큰거려 걸을 수가 없었다. 하룻밤 사이에 내 몸에 무슨 일이 생긴 걸까? 몹시 당황스러웠다.

"아, 이게 바로 늙어가는 소리구나."

그때야 문득 내 나이의 무게를 실감하고 무리하게 산타기를 강행해선 안 되겠다는 것을 느꼈다.

당장 파스도 사다 붙이고 찜질방도 다녀 봤지만 70

평생 부려먹은 내 다리의 반란은 쉽게 고통을 멈추어 주질 않았다. 덜컥 겁이 나서 병원으로 쫓아갔더니 나이에 맞지 않은 운동이 가져온 결과란다. 노인들에게는 등산보다는 평지를 걷는 게 좋다며 의사 선생님은 걷기 운동을 적극 추천했다. 그 후 나는 등산을 접고 석촌호수 근처를 걷기 시작했다.

매번 같은 장소로 운동을 하러 가다 보니 만난 사람을 또 만나게 되고 서로 아는 척하며 인사하는 사람들도 생겼다.

일전에는 그렇게 알게 된 어떤 분이 나를 보자 반갑게 다가오더니 느닷없이 분홍 꽃이 핀 식물을 가리키며, "저게 무슨 꽃인지 아세요?"라고 물었다. 자세히 보니 내 가난하던 시절 뿌리를 캐어 밥솥에 쪄 먹던 메꽃이었다.

"알고말고요. 메꽃이잖아요."

내가 선뜻 대답하자 그녀는 아주 반가워하며 말을 이었다.

"요즘 젊은이들한테 물어봤더니 아는 사람이 별로 없더라구요."

"메 뿌리 맛이 달짝지근했지요."

그녀와 나는 메 뿌리 캐어 먹던 어려웠던 시절을 회

상하며 호숫가를 나란히 걸었다.

나는 촌에서 자랐기 때문에 우리나라 토종 식물은 꽤 많이 아는 편이다. 그러나 요즈음 새록새록 나오는 신품종이나 밀려 들어오는 외래종 꽃의 이름은 모르는 것투성이다. 그래서 그런지 이름 부르기가 좀 민망스러운 개불알꽃, 쥐오줌풀, 며느리밑씻개, 오랑캐꽃, 망초, 할미꽃, 괭이밥 같은 꽃이 한층 더 귀하게 여겨진다. 젊었을 땐 거들떠보지도 않던 야생초들이 늙고 나니 어찌 그리 예쁜지 만나면 쫓아가 마주 앉아 오랫동안 들여다보게 된다.

4월 초가 되면 남편과 나는 주말 농장으로 농사를 지으러 다닌다. 농사라고 하면 거창하게 들릴지 모르겠지만, 답답한 아파트 빌딩 숲을 빠져 나와 맑은 공기 마시며 운동 삼아 채소 몇 포기 가꾸는 일이 고작이다.

"할아버지, 우리도 따라갈래요."

그날은 어린 손자 녀석들이 따라가겠다고 앞장을 섰다. 흙을 모르고 사는 손자들에게 농촌 풍경도 보게 하고, 들꽃들도 구경시키고 싶어 데리고 나섰다. 마침 농장 근처 빈들에 꽃들이 지천으로 피어나고 있었다. 나는 두 녀석을 뒤따르게 하고 밭 둔덕길을 걸으며 마주치는 들꽃 이름을 하나하나 가르쳐 주었다.

두 아이는 신기한 듯 꽃냄새를 맡으며 즐거워했다. 밭둑 경사진 면에 노랑 병아리 떼들이 놀러 나온 듯 애기똥풀꽃들이 무리지어 한들거렸다.

"얘들아, 이리 와 봐. 이 노란 꽃 이름이 뭐게?"

내가 묻자 두 아이는 할미 곁으로 쪼르르 모여들며 앵두 같은 입을 벌려,

"개나리꽃이에요!"

"아니야, 민들레꽃이야!"

하며 녀석들이 알고 있는 노란 꽃 이름을 저마다 외쳤다.

"둘 다 틀렸어. 이 꽃 이름은 애기똥풀이야."

내가 똥 자에 힘을 주어 말을 하자 녀석들은 잽싸게 코를 움켜쥐었다.

"애기똥풀이 뭐야? 아이, 더러워."

"와, 똥냄새 난다. 도망가자!"

할미가 자세히 설명할 겨를도 없이 녀석들은 상추 씨를 뿌리고 있는 할아버지한테로 도망가 버렸다.

딱딱한 시멘트 바닥만 밟던 어린것들이 말랑한 흙이 신기한지 밭두렁을 타고 신나게 뛰어다니는 사이 나는 풀숲을 뒤지고 다니며 애기똥풀, 민들레, 냉이 꽃, 씀바귀, 제비꽃을 캐어 그릇에 담았다. 봄이 깊어

지기 전에 우리 집 마당에 토종 꽃으로 봄을 들여다 놓고 싶어서였다. 토종 꽃들이 답답한 도시 한쪽 좁은 마당에서 기를 펴고 잘 살지는 모르겠지만 온갖 정성을 다해 키워 보련다. 그러면 우리 집 마당은 토종 꽃으로 알록달록 수를 놓겠지, 하는 생각에 가슴 가득 봄이 찾아온 것 같았다. 또 하나의 나의 작은 산책길을 만들어 놓고 꽃들을 들여다보며 봄날이 저물 때까지 즐기리라.

두 번의 장례식

땅에 대한 사랑이야말로 인간을 살리는 길이라고 해서 화장을 하기로 한 건 아니다. 땅의 훼손을 막고 자연을 보호해야 한다는 스님들의 뜻에 동감해서 화장을 하려는 것도 아니다. 산소 자리가 나빠 명당을 찾아 이장을 하려는 건 더더욱 아니다.

아버지가 가신 지 서른다섯 해를 넘기다 보니 젊었던 딸들이 모두 칠십 고개를 훌쩍 넘어가고 말았다. 그나마 뜸뜸이 찾아가던 성묘도 언제부터인가 발길이 완전히 멈추어 버렸다. 산소 가는 길이 먼 데다 내 몸 하나 건사하는 것도 벅찬 신세가 되어 버렸기 때문이다. 그렇다고 손자, 손녀들이 할아버지와의 추억을 되새기며 찾아가 추모하리라는 기대는 애당초 안

하는 게 좋다. 해서 살아 있을 때 아버지의 유해를 수습해 자연으로 완전하게 돌려보내기로 했다.

예전과 달리 지금은 장례문화가 매장에서 화장으로 바뀌고 있는 추세다. 화장을 하여 납골당에 모시기도 하고, 수목장을 하기도 한다. 또한 분골이 된 뼛가루를 강이나 산에다 뿌리기도 한다. 이는 자연으로 돌아간다는 의미일 것이다.

우리 자매는 일년 전부터 아버지 산소를 열고 뼈만 추려 화장하기로 뜻을 모았다. 그러나 방법을 몰라 차일피일 미루다 보니 해를 몇 번이나 넘겼다. 해야 할 일을 하지 못하고 산다는 것은 사람의 마음을 빚진 자로 만들어, 그 일이 늘 가슴에 걸려 있다. 그런데 얼마 전, 아버지와 함께 교회 공원묘지에 안장된 교인들의 후손 몇 명이 산소를 개장하자는 연락을 해왔다. 기다리던 일이었으니 선뜻 뜻을 모았다.

6월 초, 드디어 아버지 산소를 개장하게 되었다. 나이가 많은 언니는 참석하지 못하고, 동생 부부와 함께 강화도에 잠들어 계신 아버지의 산소로 향했다. 그날 열두 구의 시신을 발굴하기로 했는데, 우리는 10시에 약속 시간이 잡혀 있었다. 아침 8시부터 포클레인이 산 위로 올라가 순서대로 산소를 파헤치고 있었다.

오랜 세월 돌보지 않은 아버지의 산소는 봉분이 흘러내리고, 산소 위엔 어디서 날아와 자리를 잡았는지 억새풀들이 제 세상인 양 춤을 추고 있었다. 오랜 시간 동안 무연고자의 무덤처럼 방치한 것 같아 미안함과 죄스러운 마음을 감출 수 없었다.

우리 차례가 되자 포클레인이 억새 숲을 단숨에 밀어내고 흙을 한 삽 한 삽 떠냈다. 긴장한 채 가슴 두근거리며 지켜보던 나는 "어머나!" 하며 놀라고 말았다. 땅 속에 35년 전에 입혀 드렸던 수의가 하나도 썩지 않은 채 그대로 남아 있었기 때문이다.

"놀랄 것 없어요. 천연 모시옷이라면 완전히 썩어 없어지는데, 화학 섬유가 섞인 경우엔 시간이 지나도 그대로 남아 있답니다. 그 시절 돌아가신 분들 수의는 하나같이 썩지 않았더군요."

인부 아저씨가 조심스럽게 가위로 수의를 자르며 말했다. 수의를 자르자 아버지의 유골이 뽀얀 모습을 드러냈다. 인부 아저씨는 아버지의 유골을 한 점 한 점 정성스럽게 옮겼다. 그리고 수습한 유골을 그 자리에서 화장했다. 유골은 순식간에 한 줌의 재가 되고 말았다.

흐르는 세월 속에 슬픔도 닳아버렸는지 눈물 한 방울 나오지 않았다. 그저 담담하게 그 광경을 지켜보았다. 아버지의 분골을 종이에 싸서 가슴에 안았다. 살아 있는 사람의 체온처럼 따뜻했다. 바다가 시원스럽게 내려다보이는 커다란 소나무 밑에 아버지를 수목장으로 모셨다. 한참을 아버지 곁에 앉아 공원묘지를 내려다보았다. 방금 이장을 한 열두 구의 빈 무덤엔 황토흙이 나뒹굴며 침묵만이 감돌았다.

세상에 태어나면 누구를 막론하고 죽음을 맞이할 수밖에 없는 게 인생이다. 아무리 발버둥치며 안 가려고 해도 하나님께서 부르시면 거부할 수가 없다. 부르지 않아도 세상에 태어났듯이, 가라고 하지 않아도 반드시 떠나가게 되어 있다. 그처럼 허무한 인생길에서 권력과 명예, 부를 위해 천만년 살 것처럼 얼마나 으르렁대며 살고 있는가. 모두가 헛되고 허무한 일임을 모르고 살고 있다.

고생만 하다 하늘나라로 떠나신 아버지와 언젠가 천국에서 다시 만날 것을 약속하며 영원한 이별을 고했다. 갑자기 목이 메더니 막혔던 눈물샘이 터지며 시야가 흐려졌다. 한참만에 정신이 들고 나니 뺨에는 눈물이 흥건했다.

큰일을 마치고 홀가분한 마음으로 집으로 돌아가는 길, 산 아래서 발길을 잠깐 멈추고 아버지처럼 서 있는 소나무를 올려다보았다.

"잘 가라우. 건강하게 살다 하나님 부르시는 날 천당에서 만나자우."

구수한 이북사투리의 아버지 목소리가 바람을 타고 들려오는 듯했다. 나는 나무를 향해 힘차게 손을 흔들었다. 아버지를 화장하여 두 번의 장례를 치른 마음속에서 저절로 찬송가가 흥얼흥얼 새어 나왔다.

"해보다 더 밝은 저 천국/믿음만 가지고 가겠네
믿는 자 위하여 있을 곳/우리 주 예비해 주셨네."

나뭇가지에 걸린 남자

박 목사는 새벽기도회 인도를 마치고 밖으로 나왔다. 새벽어둠이 서서히 물러가며 신선한 공기가 와락 피부 속으로 스며들었다. 찬송을 흥얼거리며 층계를 내려오는데 교회 쪽문이 요란스럽게 열리며 김 집사가 정신없이 뛰어 들어왔다.

"집사님! 이 새벽에 웬일이십니까?"

놀란 박 목사가 층계를 뛰어 내려오며 물었다.

"목사님, 큰일 났어요! 어젯밤 한시쯤 남편 제자한테서 전화가 왔거든요. 남편이 술에 많이 취해 우리 동네 언덕 위까지 모셔다 드렸으니 곧 들어갈 거라구요. 그런데 그 후 소식이 끊긴 채 지금까지 아무 연락이 없어요!"

"갈 만한 곳은 다 찾아보셨어요?"

"네, 밤새껏 샅샅이 뒤지고 다녔지만 못 찾았어요. 경찰서에 실종 신고하러 가는 길에 목사님께 알리려고 찾아왔어요."

"그러면 빨리 신고부터 하고 봅시다."

박 목사는 성경 찬송을 집 안에 들여 놓고 앞장을 섰다. 그 뒤를 따르는 김 집사는 미안한지 연신 굽실 굽실 몸 둘 바를 몰라했다. 그때 새벽기도를 마치고 먼저 귀가했던 강 장로가 하얗게 질린 얼굴로 다시 교회로 돌아왔다.

"목사님, 목사님! 제 말 좀 들어보세요."

강 장로가 박 목사를 불러 세웠다. 그리고 작은 소리로 말했다.

"요 밑에 느티나무 있지요? 그 느티나무 가지에 사람이 걸려 있어요. 아무래도 목을 맨 것 같은데 확인하기가 무서워 목사님께 달려왔어요."

"그럼……, 자살?"

박 목사의 얼굴에 핏기가 싹 가셨다.

"우선 가까운 쪽부터 가 봅시다."

그들은 경찰서로 가던 발길을 돌려 느티나무가 있는 곳으로 향했다. 느티나무가 가까워지자 나무에 걸린 사람의 윤곽이 희미하게 보였다. 얼굴은 가지에 가려 잘 보이지 않았으나 땅을 향해 축 처진 팔다리에서는 죽었는지 생명의 기운이 느껴지지 않았다. 스스로 목을 맨 사람은 처음 보는지라 박 목사도, 강 장로도, 김 집사도 더 이상 발걸음이 떼어지지 않았다. 그래도 신원을 확인해야 했기에 누군가 용기를 내야 했다. 박 목사가 어렵게 한 발자국을 앞으로 옮기려다 말고 주춤하고 멈추어 섰다.

"잠깐만요, 팔이 움직여요!"

강 장로가 가리키는 곳을 보니 느티나무 가지에 걸린 사람의 팔이 앞뒤로 조금씩 흔들리고 있었다.

죽지 않았구나! 두려움이 가신 세 사람은 빠르게 느티나무 밑으로 다가갔다. 그런데 갑자기 김 집사가 전기 충격을 받은 것처럼 우뚝 멈추어 섰다. 김 집사는 가슴이 세차게 뛰기 시작했다. 눈이 커질 대로 커진 김 집사는 나뭇가지에 걸린 남자를 자세히 살펴보았다.

'카키색 잠바에 베이지색 바지? 저건 어제 아침 남편이 출근할 때 입고 나갔던 옷차림인데?'

가까이 가서 보니 맙소사, 그 사람은 남편이 아닌가! 분명 남편이었다. 의심할 여지가 없었다.

"여보!!"

김 집사의 비명에 놀란 박 목사와 강 장로는 재빨리 달려들어 나뭇가지에서 최 교수를 끌어내렸다. 다친 곳 하나 없이 멀쩡한 최 교수의 몸에서는 술냄새가 진동했다.

최 교수는 훌륭한 학자다. 우리나라에서 최고로 손꼽히는 공학박사로, 해외 저널에 여러 번 논문이 실린 유명한 분이었다.

"저는 최동엽 교수님의 제자입니다."

이 한마디가 면접 자리에서 프리패스로 통할 정도였다.

최 교수는 학술적 성과뿐 아니라 각별한 제자 사랑으로도 유명했다. 형편이 어려운 학생이 학비를 못 내 휴학이라도 할라치면 사비를 털어 등록금을 내주기도 하고, 제자 개개인의 사연에 귀 기울이고 진심 어린 조언과 격려를 해 주는 데 시간을 아끼지 않았다. 때문에 수많은 학생들은 최 교수 밑에서 조교 노릇을 하며 연구에 동참하기 위해 암암리에 치열한 경쟁을 벌였다. 강의 또한 명강의라 타학과 학생들까지 도강할 정도였다.

이처럼 훌륭한 최 교수에게는 딱 한 가지 단점이 있

었다. 술을 너무 마신다는 것이었다. 관명대학교 안에서 술 많이 마시기 대회가 열린다면 단연코 금메달감인 두주불사였다. 그러다 보니 술에 취해 망신살이 뻗친 일이 한두 번이 아니었다.

그날도 최 교수는 퇴근 후 몇 명의 제자들을 몰고 학교 앞 횟집으로 들어가 대취할 때까지 술을 마셨다. 그것으로도 만족하지 못한 그는 시내에 있는 단골 술집으로 자리를 옮겨 소주와 맥주를 섞어 정신없이 마셨다. 인사불성이 된 최 교수는 제자 손에 이끌려 택시에 올라탔다. 그런데 택시가 집 근처 언덕 위를 오르고 있을 때쯤, 갑자기 오줌이 마려워 참을 수가 없었다.

"나 내릴래."

"아직 댁에 도착 안하셨는데요, 교수님?"

"나 내릴래. 내려야 해!"

다짜고짜 차문을 열려는 최 교수 때문에 택시는 언덕 꼭대기에서 멈춰 섰다. 부리나케 택시 밖으로 뛰쳐나가 사라지는 최 교수의 뒷모습을 보며 제자는 사모님에게 전화로 상황 보고를 하고 집으로 돌아갔다.

그 사이 최 교수는 공중화장실을 찾아 헤맸다. 그러나 방향 감각이 마비되어 버린 그의 눈에 화장실이 보일 리 없었다. 오줌은 나오려고 하고, 화장실은 안 보이고. 그는 급한 마음에 근처 공영주차장으로 비틀거리며 들어갔다. 그리고 빽빽이 서 있는 자동차 중 키가 가장 큰 트럭 뒤에서 체면 불구하고 일을 보기 시작했다.

"아~ 시원하다."

한참 오줌이 쏟아져 나오는데, 아뿔사! 트럭에 시동이 걸리는 게 아닌가. 수도꼭지라면 잠그고 도망이라도 치련만, 폭포수처럼 쏟아지는 오줌발을 도저히 멈출 수가 없었다. 결국 최 교수는 트럭이 움직일 때마다 한 발자국씩 따라가며 오줌을 누었다. 하지만 한낱 술에 취한 인간이 트럭을 언제까지 따라잡을 수 있으랴. 방향을 튼 트럭은 쌩 하니 달아나 버렸다.

트럭과 달리 술에 취한 최 교수는 쉽게 방향을 틀 수 없었다. 지금껏 움직이던 방향으로 한 발자국, 두 발자국, 비틀거리며 계속 걸음을 옮기는데 순간 발아래가 허전한 느낌이 들었다. 그리고 쑥! 언덕 아래로 추락하고 만 것이다.

"언덕에서 미끄러져 떨어지면서 겉옷이 나뭇가지에 걸린 것 같아요."

"맨땅에 떨어졌으면 죽었을 텐데 나무 덕분에 목숨

을 건졌네요."

"목사님, 남편 술 끊게 해 달라고 매일 기도하는데 하나님께선 왜 안 들어 주시는지 모르겠어요."

어렴풋이 들려오는 대화소리에 최 교수의 정신이 천천히 돌아왔다. 몇 시간 전의 일이 조각난 퍼즐처럼 띄엄띄엄 떠오르기 시작했다. 언덕 위, 주차장, 트럭, 오줌, 추락……. 지퍼! 갑자기 눈이 번쩍 뜨였다. 바지 지퍼를 열어둔 상태라는 게 기억났기 때문이다.

"최 교수님, 정신이 드세요?"

"최 교수님, 제 말 알아듣겠어요?"

박 목사와 강 장로가 최 교수의 얼굴을 들여다보며 외쳤다. 최 교수는 다시 눈을 천천히 감으며 아직 정신을 못 차린 척 의미 없는 말을 횡설수설 중얼거렸다. 맨정신으로 목사님과 장로님을 마주하기엔 너무 창피했기 때문이다. 최소한의 자존심이라도 지키기 위해 최 교수는 술이 덜 깬 척 헛소리만 늘어놓았다.

때는 새벽 6시, 세상은 멈춘 듯 고요하고 하늘엔 새벽별들만 총총했다. 최 교수는 별들을 올려다보며 혀 꼬부라진 소리로 맹세했다.

"앞으로 또 술을 마시면 난 개자식이다."

산나물

시장 구경만큼 재미있는 일이 또 어디 있을까? 오일장이 열리는 날이면 나는 큼직한 배낭을 등짝에 매달고 꽃놀이 대신 시장 구경을 간다. 사람 냄새 나는 시장은 활기가 넘친다. 육지와 바다에서 건져 올린 먹거리들과 눈맞춤을 하며 천천히 걷는다. 순간 내 시선이 어느 할머니의 손바닥만 한 좌판에 가서 꽂혔다. 장돌뱅이처럼 장마다 따라 나오는 배추, 열무, 시금치, 상추와는 달리 깊은 산속에서만 나는 산나물이 쌓여 있었기 때문이다. 봄 햇살을 듬뿍 먹고 자란 두릅과 참나물, 우산나물을 나는 얼른 알아봤다. 내 산나물 캐기 친구들이었던 묵식이, 옥금이, 언년이가 나타난 것만 같았다. 소녀 시절의 추억에 날개가 돋

친다.

그날은 경쟁이라도 하듯 봄꽃이란 봄꽃은 줄지어 피어나던 날이었다. 동네 아주머니들 몇 명이 금학산으로 나물을 뜯으러 가자며 쑥덕거렸다. 나도 친구들한테 따라가자며 쑥덕거렸다. 나물 담는 바구니를 챙기고 점심밥을 준비하며 마치 소풍 가는 기분에 젖었다.

"너희들은 따라오지 마. 뱀한테 물리면 어쩌려고 그러니?"

하지만 고분고분 말을 들을 우리가 아니다. 우리는 아주머니들과 일정한 간격을 두고 보일 듯 말 듯 숨어가며 뒤를 따랐다.

40분쯤 갔을까? 산속으로 들어가는 길이 나왔다. 잡풀들이 우거져 무릎까지 올라왔다. 덤불을 헤집고 골짜기로 접어드니 다래 덩굴이 숲을 이루고 있는 곳이 나타났다. 아주머니들은 꿩 본 매처럼 달려들어 다래 순을 따서 허리춤에서 아귀를 벌리고 있는 자루에 마구 담았다. 우리들도 날다람쥐마냥 손을 잽싸게 움직이며 다래 순을 땄다. 계곡을 따라 사람들의 손길이 닿지 않는 곳까지 오르니 산나물이 지천으로 깔려 있었다. 아주머니들과 우리는 눈에 불을 켜고 허리를 구부린 채 정신없이 나물을 뜯었다. 나물 자루들이 어느새 불룩해졌다.

재미가 붙은 아주머니들은 고사리밭을 찾아 각자 흩어졌다. 그사이 우리는 나물 바구니를 한쪽에 모아 놓고 망아지들처럼 이리저리 뛰어다니며 싱아도 뜯고, 찔레 순도 자르고 심지어 칡뿌리까지 억척스럽게 캐냈다. 그리고 둘러앉아 껍질을 벗겨 아삭아삭 먹어 치웠다. 진액이 묻은 입술은 누군가에게 언어맞아 멍든 것처럼 시퍼러둥둥했다.

"실컷 쉬었으니 다시 나물 뜯으러 가자."

엉덩이에 묻은 흙을 털어 내며 발길을 옮기려는데 뱀 한 마리가 내 앞으로 스르륵 지나갔다. 나는 산이 떠나갈 듯 비명을 질렀다. 그러자 묵식이가 가지고 온 백반 가루를 내 신발에 넣어 주었다. 백반 가루를 뿌리면 뱀이 달려들지 못한다며 걱정을 덜어 주었다.

삿갓나물, 우산나물, 고비, 삽주 싹, 참나물, 취나물, 고사리를 보이는 대로 꺾다 보니 등짝에 땀이 촉촉이 배어 끈적거렸다. 점심때가 훨씬 지나서야 계곡으로 내려갔다. 이끼 한 점 끼어 있지 않은 청정 계곡에는 맑은 물이 돌 틈을 빠져나가며 돌돌돌 소리를 높이고 있었다. 우리는 둥글넓적한 바위에 둘러앉아 서로의 나물 보따리를 들여다보았다.

"아유, 많이도 뜯었네. 다른 반찬 없어도 한 일주일은 살 수 있겠는걸."

우리는 각자 베 보자기에 둘둘 말아 가지고 온 보리밥과 고추장을 꺼냈다. 그리고 방금 뜯은 나물을 넣고 쓱쓱 비벼 맛있는 점심을 먹었다. 맑은 물속을 들여다보니 놀란 가재들이 돌 틈으로 숨느라 분주했다.

산속은 어둠이 금방 내려앉기에 일찌감치 하산을 했다. 그 많은 산나물을 짊어지고 내려오자니, 아무 대가도 없이 공짜로 나물을 내어준 산이 너무나 고마웠다. 나물을 더 많이 키워 놓을 테니 또 오라는 환청 같은 산의 소리를 들으며 산에서 내려왔다. 꽃 냄새와 풀 냄새를 맡으며 집으로 향하는 발걸음은 가볍기만 했다.

산이 점점 멀어질 때쯤, 어디선가 수상한 구둣발 소리가 들려왔다. 휘 둘러보니 군복 차림의 세 남자였다. 그들은 빠른 걸음으로 우리를 쫓아오고 있었다. 우리가 살던 곳은 이북과 가까운 전방지대였다. 간첩은 산을 타고 내려온다는 반공 교육을 받았다. 그렇다면 저들은 간첩? 우리는 누가 먼저랄 것도 없이 풀숲에 납작 엎드렸다. 구둣발 소리는 부들부들 떨고 있는 우리 앞에서 멈췄다.

군인들은 거수경례까지 하며 우리를 안심시켰다.

"놀라게 해 드렸다면 죄송합니다. 우리는 산 밑에 있는 부대에서 취사를 담당하고 있는 병사들입니다. 부대원들에게 싱싱한 산나물을 맛보게 하고 싶은데, 혹시 물물교환이 가능하시겠습니까?"

그러니까 군인들이 먹는 반찬거리와 우리가 뜯은 산나물을 바꾸자는 거였다. 우리는 맘껏 가져가라며 나물을 자루째 내주었다. 군인들은 나물을 욕심껏 꺼내 갔다. 대신 매일 먹어 물렸다는 고추장 멸치 통조림과 두부, 그리고 건빵을 한 보따리씩 안겨 주었다. 이런 걸 두고 일거양득이라고 하는 걸까?

"아주머니, 이 산나물 사실 거예요?"

한참 추억 속을 헤매고 있는데 산나물 팔러 나온 할머니가 물었다. 추억 속에서 화들짝 깨어난 나는 산나물을 몽땅 사서 짊어지고 다시 시장 구경을 하기 위해 발길을 옮겼다.

문어

　반짝반짝 빛나던 시절, 강원도 주문진에서 유치원 교사생활을 한 적이 있다. 건강하고 패기 넘칠 때 나를 필요로 하는 오지 마을로 들어가 보람된 일을 하고 싶어서, 교사를 애타게 찾고 있다는 주문진으로 자진하여 내려갔다. 지금이야 교통의 발달로 도시처럼 발전했지만, 그 옛날엔 외딴 마을로 사람들의 발길조차 뜸했다. 마치 외국처럼 멀게 느껴졌다고나 할까? 살림이 뭔지도 몰랐던 나는 그곳에서 난생처음 자취를 하며 밥을 하고 반찬을 만들어 먹었다. 하지만 생각만큼 쉽지 않았다. 아이들을 가르치는 일보다 훨씬 힘이 들었다.

　어느 날, 어떻게 하면 간단한 방법으로 식생활을 해

결할까 고민하며 시장을 한 바퀴 돌았다. 눈길 닿는 곳곳이 생선들로 넘쳐났지만 요리를 만들 자신이 없었다. 그때 시장 한복판에서 꿈틀꿈틀 살아 움직이고 있는 문어가 눈에 들어왔다.

"문어라면 자신 있지."

나는 좀 징그럽기는 했지만 큼직한 문어 한 마리를 사들고 집으로 돌아왔다. 그리고 끓는 물에 삶아 초고추장에 콕 찍어 먹었다. 맛이 일품이었다. 살이 통통하게 오른 문어는 다리 두 개만 먹어도 배가 불렀다.

혹시 문어만 먹고 살다가 영양실조라도 걸리면 큰일이다 싶어 이웃집에서 백과사전을 빌려다 문어에 대해 알아보았다. 문어는 원기회복에 탁월하여 피로회복에 도움이 되고, 두뇌발달과 기억력을 향상시키며, 노화를 지연시키고, 각종 질환을 예방한다고 쓰여 있었다. 나에게 딱 맞는 웰빙식품이었던 것이다. 갑자기 온몸이 튼튼해지는 것 같아 힘이 불끈 솟았다. 그날부터 문어는 내게 보약 같은 음식이 되었다.

어느 날 아침, 출근해 보니 아이들 대부분이 결석을 했다. 한 아이를 데리고 온 학부형에게 이유를 물어보았다.

"오늘은 아이들 결석도 많고, 마을이 왜 이렇게 조

용해요?"

"선생님, 소식 못 들으셨어요?"

"무슨 소식이요?"

"무장공비가 주문진항에 침투했대요. 아직 어딘가에 숨어 있을지 모른다며 난리들이에요. 그래서 밖에 나오기가 무서워 아이들 결석이 많은 거예요."

순간 가슴이 철렁 내려앉았다. 당장이라도 간첩이 나타나 "꼼짝 마!" 하고 아이들을 인질로 잡을 것만 같았다. 나는 교실 문을 꼭꼭 걸어 잠그고 커튼까지 친 뒤 수업을 했다.

그날 오후 이곳저곳에서 갖가지 소문이 들려왔다. 무장공비 8명이 주문진항에 침투하여 민간인 두 명을 죽였다고도 했고, 무장공비가 우리나라 군인으로 위장하고 주문진 선박통제소에 들어가 무전기와 라디오를 파괴하며 교전을 벌였다고도 했고, 무장공비가 고무보트를 타고 필사적으로 탈출했다고도 했다. 그리고 정확한 내용은 그날 석간신문이 나오고 나서야 알았다. 1969년 3월 16일, '주문진 무장간첩사건'이라는 기사가 신문마다 대서특필되어 세상을 떠들썩하게 만들었다. 오죽하면 그동안 연락 한 번 없던 부모님까지 전화국에 가서 안부전화를 다 했을까. 다행히 8명

의 간첩이 고무보트를 타고 도망가는 것을 경찰과 군인이 힘을 합쳐 막았다고 한다. 총격전 끝에 고무보트를 터트려 간첩들을 바다에 수장시켰다는 것이다.

사건이 일어난 뒤, 마을은 온통 공포 분위기였다. 벽마다 '수장된 간첩 한 구 건지는 데 ○○○원'이라는 공고가 나붙었다. 그러자 어부들은 고기잡이를 나가는 대신 간첩의 사체 찾기에 열심이었다. 수많은 배가 바다로 몰리는 바람에 넓은 바다가 도시처럼 붐볐다. 그리고 간첩의 사체를 건진 어부들 사이에 조심스럽게 비밀이야기가 퍼지고 있었다.

"글쎄, 몸뚱이 어디 하나 성하게 붙어 있는 곳이 없더라고. 문어란 놈들이 달라붙어 포식을 하고 있었거든."

"내가 건진 시체엔 서너 마리의 문어 새끼들이 달라붙어 떨어질 줄 모르더라니까."

이야기를 듣는데 입맛이 뚝 떨어졌다. 조금 전에도 맛있게 문어를 삶아 먹고 나오는 길이었는데, 전부 토해내고 싶은 기분이었다. 그 뒤로 다시는 문어를 상에 올리는 일은 없었다. 수십 년이 지났지만 지금도 문어만 보면 어제 일처럼 생생하다.

양복 세 벌

　아침 산책을 마치고 돌아오는 길이었다. 주택 담장 밑에 누군가가 내다 버린 서랍장이 눈에 띄었다. 나도 모르게 서랍장 앞에서 발길을 멈추었다. 이리저리 살펴보니 제법 알려진 브랜드의 고급 제품이었다. 나는 부리나케 집에서 손수레를 가져다가 낑낑대며 서랍장을 싣고 왔다. 망가져서 기우뚱거리는 서랍장을 빼내고 주워온 물건을 들여놓으니 방 분위기가 한결 안정된 모습이었다.

　퇴근한 딸이 서랍장을 보고 잔소리를 늘어놓았다. 또 쓰레기를 주워왔냐는 것이다. 멀쩡히 쓸 만한 물건은 버려졌더라도 쓰레기는 아니라고 말해 보았으나 이해 못 하는 눈치였다. 이미 충분히 가지고 있는 물건을 비우면서 살지는 못할지언정 남들이 버린 물건까지 주워와 살고 있으니 왜 그렇게 사나 싶은 모양이다.

내가 이처럼 온갖 물건들을 버리지 못하고 끌어안고 사는 데는 그럴만한 이유가 있다. 세월의 채널을 과거로 약간만 돌리면 옷이나 신발이 떨어질 때까지 입고 신던 시절이 나온다. 가난함과 궁색함을 전 국민이 함께 겪던 그 시절, 우리 집엔 제대로 된 장롱이 없어서 상자에다 옷을 보관했다. 구겨지면 안 되는 옷들은 벽에 못을 박고 걸어 두었다. 벽에 주렁주렁 걸린 옷이 보기에 안 좋아 횟댓보를 만들어 옷을 덮어 놓았다. 예쁘게 십자수를 놓은 횟댓보 한 장만으로도 방안이 환해지는 것 같았다.

가구뿐만이 아니었다. 입을 옷은 얼마나 귀했던지, 변변한 외투 한 벌이 없어서 갖고 있는 얇은 옷을 전부 겹쳐 입고 겨울을 버티곤 했다. 중학생이 되어서는 1학년 때 맞춰 입은 교복을 졸업할 때까지 입었다. 작아지면 늘리고, 천이 반들반들 낡으면 '우라까이'라고 부르는 방법으로 옷을 뒤집어서 다시 만들어 입었다. 그런 가난을 겪으며 살아왔기에 가구든, 옷이든, 가방이든, 그릇이든 아깝지 않은 게 없다.

이런 가난하던 시절이 마치 호랑이 담배 피우던 옛날이야기처럼 들릴지 모르겠지만, 계산해 보면 백 년도 안 된 과거이다. 내가 결혼하던 50년 전만 해도 주변에 가난하지 않은 사람을 찾아보기 어려웠다. 그래서 결혼할 때, 내 가정 사정이 궁핍하다 보니 상대방의 재산 목록 따위는 물어볼 수가 없었다. 사람 됨됨이만 보고 결혼을 했다.

결혼을 하고 나서야 서로의 주머니를 뒤집어 본 우리 부부는 깜짝 놀랐다. 우리 둘은 저울에 달아도 수평을 이룰 정도로 가난의 무게가 똑같은 가난뱅이 동기생이지 뭔가. 결국 우리는 비벼볼 언덕도 없는 평지에서 살림을 시작했다. 남편은 재물과 비교할 수 없는 반듯한 인격의 소유자였기에, 우리는 서로의 버팀목이 되어 스스로의 힘으로 앞날을 개척해 나가기로 했다. 그러다 보면 언젠가는 언덕도 생기고 산도 생기겠지, 라는 꿈을 꾸면서 말이다.

그때 남편은 맘만 먹으면 취직을 하여 돈을 벌 수도 있었지만, 학문에 뜻을 두고 공부를 더 하고 싶어했다. 해서 박사과정을 밟기 위해 대학원에 입학했다. 학비는 장학금으로 해결하고, 조교 노릇으로 용돈 벌이를 했지만, 생활비는 턱없이 부족해서 교사였던 내가 나머지를 책임졌다. 희망과 꿈이 있는 생활은 어떤 고생이 닥쳐와도 이겨내는 데 큰 힘이 되어 주었다.

남편은 계획했던 기간 내에 박사학위를 취득했고, 희망이었던 대학교수가 되었다. 그런데 대학교수가 되어 처음 출근하는 날, 입고 갈 양복 한 벌이 없었다. 할 수 없이 은행원이었던 시동생한테 체크무늬 양복을 빌려 입고 출근을 했다. 바싹 마른 몸에 빌린 양복을 입고 보니 어딘가 모르게 어색해서 남의 옷을 빌려 입은 티가 났다. 지금 같으면 양복 댓 벌을 사서 안겨 주련만 그때는 양복 한 벌 선뜻 산다는 게 왜 그리 어려웠는지. 첫 봉급을 타면 제일 먼저 양복을 사기로 마음먹고 하루빨리 한 달이 지나가기를 손꼽았다.

남편이 대학에 출근한 지 일주일쯤 되었을까? 남편의 절친한 친구 세 명이 학교에 찾아와 거하게 밥을 사며 남편의 취직을 한껏 축하해 주었다고 한다. 그뿐만이 아니라 커다란 쇼핑백을 남편에게 안겨 주었다는 것이다.

"친구들의 축하 선물이라는데, 한번 열어 봐요."

남편이 건네준 쇼핑백을 열어 보는 순간, "아!" 하는 감탄사가 저절로 나왔다. 기름이 잘잘 흐르는 양복이 들어 있었기 때문이다. 그것도 갈색, 남색, 베이

지색, 세 벌씩이나 되었다. '좋은 친구는 가장 가까운 친척'이라는 영국 속담이 피부에 와 닿았다. 그들의 우정에 나는 큰 감동을 받았다.

졸지에 양복 부자가 된 남편은 그 뒷날 영국 신사가 되어 출근했다. 옷이 날개라더니, 새 양복을 입은 남편의 모습이 그렇게 멋질 수가 없었다. 남편은 세 벌의 양복을 오랫동안 즐겨 입었다. 몸무게가 늘지 않았다면 아마 정년 퇴임할 때까지 입었을지도 모른다.

그 사이 세월은 흘러 우리는 모두 영감, 할매가 되었다. 이젠 천국으로 초대받아 갈 날이 점점 다가오고 있어, 가지고 있는 물건들을 조금씩 정리하기로 했다. 몇 번이나 버리려다 다시 옷장에 넣곤 했던 빛바랜 양복 세 벌도 이번 기회에 떠나보내기로 했다. 대신 마음속에다 영원히 걸어 두고서 말이다.

얼굴에 핀 버섯

점심 먹은 설거지를 하는데 방에서 '딱, 딱, 딱.' 하는 소리가 흘러 나왔다. 방문을 열어 보니 남편이 따끈따끈한 창가에 앉아 손톱을 깎고 있었다. 도로 문을 닫고 설거지를 끝냈다. 한참이 지나도 아무 기척이 없기에 다시 문을 열어 보았다. 남편은 따사로운 햇살을 받으며 까무룩 잠이 들어 있었다. 나는 남편의 머리를 살그머니 들어 베개를 베어 주었다.

매일 눈만 뜨면 마주하는 게 남편 얼굴이다. 그러나 슬쩍슬쩍 스칠 뿐이지 자세히 들여다본 적은 한 번도 없다. 아무리 가깝고 허물없는 부부라 할지라도 빤히 얼굴을 쳐다본다는 건 좀 민망하고 쑥스럽고 닭살 돋는 일이 아닌가. 그런데 베개를 베어 주고 얼굴과 얼굴이 가까워지자 나는 갑자기 장난기가 발동했다. 남편의 잠든 얼굴을 마음놓고 찬찬히 들여다본 것이다.

"아니, 이럴 수가!"

차라리 안 들여다보았어야 했다. 탄력 있던 피부는 늘어지고, 백발의 머리카락은 듬성듬성. 오백 원, 백 원, 십 원짜리 동전만큼씩 한, 저승꽃이라 불리는 검버섯이 처진 눈가로 줄지어 피어나고 있지 뭔가. 거기다 보리알 크기의 점은 왜 또 그리 많은지…….

한때 영화배우 이순재보다 더 잘생겼다고 부러워들 했던 인물이 폭삭 무너지고 있었다. 남편이 걸어온 삶의 무게가 느껴졌다. 녹록지 않은 세상에서 이리 치이고 저리 밀리며 우뚝 서기까지 온갖 고생을 한 흔적이 보이는 듯했다. 빈손이었던 그가 가난을 탈출하기까지 얼마나 많은 발버둥을 쳤을까? 나도 모르게 마음이 울컥해지며 두 눈이 뜨거워졌다.

남편이 늙은 건 세월 탓만은 아닐 것이다. 얼굴에 검은 꽃이 그냥 피어날 리가 없다. 마누라와 새끼들을 책임지고 먹이고 입히고 가르치느라 고생한 흔적일 것이다. 평생 직장이었던 학교에서, 혹독한 세상에서 벌어지는 이런저런 속상한 일들로 생겨난 검버섯들일 것이다. 제자들, 친구들, 친척들 신경 쓰느라

까뭇까뭇 점들까지 솟아 나온 게 분명하다.

그중에서 가장 큰 주범은 나다. 능력 있는 부인들은 부동산이니 주식이니 손을 대어 재테크도 잘들 하더니만, 무능한 나는 고등학교 선생도 아닌, 유치원 선생질이나 겨우 하며 살아왔으니 말이다. 그런데도 남편은 나를 호강시키려고 안 해본 고생이 없고, 끝까지 공부에 매달려 사모님 소리를 듣게 하지 않았던가. 초년 고생은 만년락의 근본이라더니 나처럼 편안한 노후를 보내는 이는 많지 않을 것이다.

나는 결심했다. 남편에게 조금이라도 젊음을 되찾아 주기로. 해서 당장 피부과의 문을 두드렸다. 언제부터인가 남자들도 피부 시술을 받는 게 자연스러운 시대가 되었다. 이제 점과 검버섯 제거 따위는 탑골 공원의 노인들도 서슴지 않는다. 마침 친구 아들이 강남에 피부과를 차렸다기에 친구를 통해 예약을 했다. 그리고 남편에게 검버섯 제거하러 가야 하니 시간을 비워 두라고 했다. 그러자 남편이 "쑥스럽게 뭐 그런 짓을 해?" 하며 알쏭달쏭한 표정을 지었다.

얼마 후, 병원에서 카톡이 왔다. 내일 잊지 말고 10시까지 오라며 찾아오는 길 약도까지 보내 왔다.

"여보, 내일 피부과 가는 날 잊지 않았죠? 10시까

지 오래요."

그러자 남편이 엉뚱한 대답을 했다. 남자가 검버섯 따위 때문에 병원까지 드나들고 싶지 않다며 취소를 하라는 것이다. 티격태격 말싸움으로 번졌으나 남편은 막무가내였다. 한번 NO하면 돌이킬 줄 모르는 황소고집을 꺾을 수가 없었다. 큰맘 먹고 낸 병원 예약비야 다음에 사용하는 것으로 미룬다 치지만, 신용이 떨어져 실없는 사람은 되기 싫었다.

나는 고향 마을에서 친척처럼 지내던 안 장로에게 전화를 했다. 안 장로는 남편보다 두 살 아래로, 고향에서 가장 성공한 사람이다. 그는 교회 섬기는 일에 앞장설 뿐 아니라, 고향 친구들 모임이 있을 때면 경비를 맡아놓고 쓴다. 그렇게 베풀기만 하는 안 장로에게 한 번쯤은 보답을 하고 싶었다. 해서 나는 안 장로와 부부행세를 하며 병원으로 끌고 갔다. 남자가 바뀐 걸 알 리 없는 간호사는 말끝마다 "교수님." "교수님." 하며 정중히 대했다. 안 장로는 그럴 때마다 몸 둘 바를 몰라했다.

"사모님은 여기서 기다리세요."

간호사가 안 장로를 치료실로 모시고 가며 나에게 말했다. 나는 쿡! 하고 터져 나오는 웃음을 손으로 막

앞다. 잠시 후 화장터에서나 날 법한 살 타는 냄새가 치료실에서 흘러 나왔다. 그리고 한 시간이 조금 지나자 안 장로가 얼굴에 반창고를 덕지덕지 붙이고 나타났다. 동그랑땡만 한 큰 검버섯을 떼어낸 자리에는 약간의 피가 묻어 있었다.

일주일 뒤, 검버섯 자리에 생긴 딱지가 전부 떨어져 나가고 잡티 하나 없이 뽀얀 얼굴이 된 안 장로를 다시 만났다.

"검버섯이 있을 땐 인상이 고약했는데 떼어내고 나니 이제야 예수 잘 믿는 장로 얼굴처럼 환해졌는데! 허허허."

안 장로는 그날 고급 레스토랑에서 나에게 밥을 사주었다. 남 대접하기를 기뻐하고 가난한 이웃을 도울 줄 아는 착한 안 장로에게 축복 같은 일이 자주 생겼으면 좋겠다.

평양감사도 제 싫으면 그만이라는 속담이 있다. 그렇지만 남편 얼굴에 핀 검은 꽃은 온 식구가 달려들어서라도 언젠간 꼭 떼어 주리라.

작은 생명

'태풍의 북상으로 오늘 저녁부터 많은 비와 강풍이 예상됩니다. 외출을 자제하시고 실내에 머물러 주시기 바랍니다.'

서울 시청에서 위와 같은 문자를 실시간으로 보내 주었다. 어둠이 내려앉자 예보한 대로 "우르릉, 꽝!" 하고 천둥 번개가 사납게 소리를 지르며 작달비까지 퍼붓기 시작했다. 윙윙대는 바람은 나무를 사정없이 흔들어 금방이라도 뿌리째 뽑아 버릴 기세였다.

"큰일 났네. 내일 교회 수련회에 가야 하는데……."

공포의 빗소리를 들으며 걱정을 하다가 나도 모르게 스르륵 잠이 들고 말았다.

얼마를 잤을까? 눈을 떠보니 겁을 주던 예보와는

달리 비도 멈추고 강풍도 잠잠해졌다. 일기예보가 빗나가 뛸 듯이 기뻐해 보긴 이번이 처음이다. 안심하고 다시 잠을 청하려는데 밖에서 우는 소리가 들렸다. 누군가를 애타게 찾는 듯한 구슬픈 소리였다.

'혹시 우리 집 대문 앞에 누가 업둥이를 데려다 놓은 건 아닐까?'

생각이 그쯤에 미치자 혼란스러웠다. 잔뜩 긴장을 한 채 몸 전체가 귀가 되어 울음소리를 탐색했다.

"아옹아옹!"

한 옥타브 위로 울어 제치는 소리는 아기 울음소리 같지는 않았다.

"휴⋯⋯."

마음이 놓이자 달아났던 잠이 다시 달려들었다.

새벽녘에 눈을 떠보니 우는 소리가 계속해서 들려오고 있었다.

'도대체 누가 우는 걸까?'

의아한 생각이 들어 운동화 뒤축에 손가락을 넣어 신으며 마당으로 쫓아 나갔다. 밖에는 바람이 간간이 불고 비가 가끔 방울을 흩뿌렸다. 나는 소리를 찾아 손바닥만 한 마당을 뒤지기 시작했다. 층계 밑 어두운 곳에 뭔가 꼼지락거리고 있었다. 새벽 어둠을 밀어 내고 들여다보니 금방 태어난 신생아 고양이가 아니가! 나는 고양이라면 질색이지만, 살아 있는 생명을 외면할 수 없어 얼결에 번쩍 들어 올렸다. 탯줄이 대롱대롱 따라 올라왔다. 탯줄을 잘라내고, 버리려고 내놓았던 작은 냄비에 솜을 깔아 녀석을 집어넣었다.

자세히 살펴보니 움직임이 둔한 것이 어미한테 버림을 받은 모양이었다. 짐승은 갓 태어난 새끼가 적극적으로 젖을 찾아 물지 않아 제 구실을 못할 것 같으면 냉정하게 버린다더니, 틀린 말이 아닌 것 같았다.

'이 작은 생명을 어떡하면 좋지?'

고민을 하고 있는데 옆집 사는 신 여사가 아침 산책을 가려고 나왔다. 몸집 좋은 신 여사는 말이 많아서 그렇지 인정 많고 친절하고 적극적이며 동물을 사랑하는 사람이었다. 나는 그녀에게 자초지종을 얘기하며 아기 고양이를 소개했다.

"워메, 불쌍해서 으짜쓰까. 일단 내가 돌볼랑께 수련회에 다녀오시드라구."

나는 고양이를 신 여사에게 맡기고 1박2일 수련회 참석차 집을 나섰다.

코로나19로 3년간 취소되었다가 오랜만에 열린 수련회에 교인들은 기다렸다는 듯 속속 모여들었다. 모

처럼 만난 교인들은 이산가족을 만난 듯 반가워하며 얼싸안고 기쁨을 나눴다. 예배 후 행운권 추첨이 시작되었다. 왁자지껄 웃으며 진행되는 추첨 시간은 흥분도 되고 재미있었다. 혹시 내 번호가 뽑히지 않을까 싶어 눈을 홉뜨고 번호를 맞추고 있는데 "따르릉!" 전화벨이 울렸다. 받아보니 신 여사였다.

"행님, 얼라 고냥이가 까시로워서 우유를 안 먹을라 카는디 어쩐디요?"

"배고프면 먹겠지요."

달래듯 말하고 다시 행운권 추첨에 빠져들었다. 맨 끝번호만 맞으면 당첨이라 두근거리는 가슴으로 초조해하고 있는데 "따르릉!" 또 신 여사의 전화였다. 짜증이 났다. 툴툴거리며 뒤로 빠져나가 통화를 했다.

그녀는 내 사정 따위는 아랑곳 않고 고양이에게 있었던 일을 숨도 안 쉬고 읊기 시작했다. 고양이 애호가를 찾아가 도움을 청했는데 동물 병원에 데려가라고 했다는 둥, 병원비가 백만 원 이상 들 거라는 얘기에 깜짝 놀라 고양이를 떨어뜨릴 뻔했다는 둥, 약국, 부동산, 옷가게, 세탁소를 찾아다니며 고양이 살릴 방법을 물었지만 눈총만 맞았다는 둥……. 어찌나 오랫동안 중계를 하는지 그만 추첨 시간이 끝나고 말았다.

다음 행사는 노래 부르기 시간이라기에 교실을 찾아가고 있는데 "까똑!" 하고 문자가 들어왔다. 이번에도 신 여사였다.

"아따, 얼라 고양이 새끼 땜세 허벌나게 바쁘당께요."를 시작으로 "따르릉!", "까똑!", "따르릉!", "까똑!" 전화기에 불이 나기 시작했다. 그녀는 고양이를 들고 다니며 아예 생중계를 했다. 끊임없는 연락에 발목이 잡힌 나는 수련회 행사는 뒷전이고 고양이 백 마리 키우는 동물농장 원장처럼 고양이 생사에 대한 보고를 받기에 정신이 없었다.

신 여사와의 마지막 통화는 미장원에서였다. 우유라도 먹여 보려고 미장원에 들어갔는데 대여섯 명의 파마꾼들이 고양이를 가운데 놓고 한마디씩 하더란다.

"신 여사, 심 봉사가 심청이 안고 젖동냥 다니듯 다녀 봤자 이 고양이는 살리기 힘들어요. 그러니 처음 발견한 집에 도로 갖다 주세요."

파마약 냄새 폴폴 풍기는 여자들이 고양이를 안아도 보고, 쓰다듬어도 주고, 우유도 손가락으로 찍어 먹여 봤지만 먹지 않고 계속 울기만 한다며 도로 우리 집에 갖다 놓겠다는 거였다.

수련회 건물 입구에 교회로 돌아가는 차가 시동을

걸고 있었다. 나는 1박2일 수련회 일정을 취소하고 차에 올라 탔다. 그 많은 집들 중에 우리 집을 선택하여 어미가 믿고 맡긴 아기인데, 나 몰라라 하기엔 자꾸만 마음이 걸렸다. 동물병원에 맡겨서라도 작은 생명을 살리고 싶었다.

신 여사는 돌아온 나를 보자 책임을 벗었다는 듯 몹시 반기며 좋아했다. 나는 고양이가 궁금하여 냄비 뚜껑을 열어 보았다. 아뿔사. 녀석이 엎드린 채 죽어 있었다. 얼마나 발버둥을 치며 몸부림을 쳤던지 손발과 입이 빨갛게 까진 채 말이다. 순간 울컥하고 눈물이 솟구쳤다. 말 못하는 짐승이, 그것도 이토록 어린 생명이 얼마나 무섭고 아팠을까. 불쌍하고 미안하고 안타까워 견딜 수가 없었다. 어두워지기 전에 녀석의 장례를 치러주기 위해 신 여사와 호숫가로 나갔다.

"불쌍해서 어쨔쓰까. 우유도 한 번 못 먹고 울기만 하느라 욕 봤데이. 넌 분명 동물나라 천국으로 직행했을 끼라."

신 여사가 젖은 목소리로 중얼거렸다.

한 번만 더 만져 줘

김 여사는 몇 년 전에 있었던 일만 생각하면 지금도 깔깔깔 웃음이 터져 나온다. 한편으론 부끄러워 얼굴이 화끈 달아오르기도 한다.

"제 젖 한 번만 더 만져 주세요!"

어떻게 이런 말을 할 수 있었을까? 그러나 김 여사는 분명히 그렇게 말했다. 그것도 처음 만난 낯선 남자에게. 못 믿겠다면 김 여사의 자초지종을 들어 보면 알 것이다.

김 여사의 42번째 생일날이었다. 그녀의 남편은 매해 아내의 생일을 잊어버렸다. 그래서 자존심 상하지만 남편 옆구리를 찔러가며 생일 케이크에 촛불을 켜곤 했었다.

'까짓 생일, 이번엔 기억을 하든 말든 그냥 내버려 두자.'

김 여사는 쿨하게 마음을 비웠다. 그러면서도 행여나 하고 남편 눈치를 살폈다. 그런데 정말 잊었는지 축하의 말은커녕 제대로 눈도 맞추지 않고 출근을 해버렸다.

"뭐 저런 이웃 아저씨 같은 남편이 다 있어."

자신도 모르게 화가 치밀어 오르고 속이 부글부글 끓었다. 심사가 뒤틀린 김 여사는 거실문을 사납게 열어젖혔다.

"와르르!"

문이 부르르 떠는 소리를 냈다. 발끝에 청소기가 와 닿았다. 오른발로 냅다 밀었다.

"쨍그랑!"

남편이 마시다가 놓고 간 물컵이 굴러간 청소기와 부딪히면서 박살이 났다.

"다 깨져라! 다 깨져!"

화풀이를 하듯 시작한 집안일은 오후 1시가 넘어서야 끝났다.

김 여사는 커피를 한 잔 끓여 들고 소파에 앉았다. 잔잔한 음악을 틀어 놓고 자축이라도 하듯 커피 한 모금을 마셨다. 그때 초인종 소리가 났다. 문을 열어 보니 놀랍게도 한 아름의 장미 꽃다발을 안은 낯선 남자가 서 있었다.

"여기가 김 여사님 댁인가요? 남편 되시는 분이 보낸 선물입니다."

그 꽃다발은 남편 회사 옆에 있는 단골 꽃집에서 어제 팔다 남은 꽃을 그냥 떠맡기는 바람에 할 수 없이 집으로 배달시킨 것이었다. 그것도 모르고 김 여사는 기뻐서 어쩔 줄 몰라했다.

"정말 생일을 잊어버렸다면 오늘 저녁 한 판 붙을 참이었는데……. 꽃다발이라니!"

흠흠 꽃향기를 맡으니 몸 구석구석을 채우고 있던 불평 조각들이 와르르 빠져 나가고 앗싸! 하는 환호 소리가 튀어 나왔다. 남편의 관심과 사랑은 아내의 만병을 치료하는 특효약이다. 김 여사는 꽃향기를 맡으며 행복한 기운에 휩싸였다.

저녁식사 후 남편이 거실에서 TV를 보는 동안 그녀는 샤워를 했다.

"오늘밤엔 화끈하게 수청을 들어 줘야지."

김 여사는 거울에 비친 자신의 알몸을 보며 젖가슴이 약간 처진 것 외엔 아직도 매력적인 몸매라며 혼자 낄낄거렸다. 샤워를 마친 그녀는 속이 훤히 들여다보이는 야한 잠옷을 걸쳤다. 잠옷 위에 사르르 향수까지 뿌리는데 남편이 불렀다.

"여보, 이리 좀 와 봐요. 선물이 있어요."

선물이라는 말에 귀가 번쩍 트인 그녀는 쪼르르 달려가 남편 옆에 찰싹 붙어 앉았다.

"큰 돈 주고 산 선물이니까 내일이라도 당장 검사만 받으면 돼요."

남편이 선물이라며 내민 것은 엉뚱하게도 건강검진 예약증이었다.

"이런 게 무슨 생일 선물이에요?"

김 여사가 못마땅한 듯 투덜거렸다.

"이보다 더 좋은 선물 있으면 가져와 봐."

남편의 말에 실망한 그녀는 건강검진 예약증을 내동댕이치고는 야한 잠옷도 벗어 던졌다.

며칠 후 김 여사는 남편에게 이끌려 병원에 갔다. 오전 내내 온갖 검사를 다 받았다. 검사 결과 남편은 모든 기관이 건강하다는 기쁜 소식을 들었다. 그런데 김 여사는 유방암이 의심된다며 재검사를 받으라는 연락이 왔다. 가슴이 철렁 내려앉았다. 갑자기 1년 전 유방암으로 세상을 뜬 이웃집 재동 엄마가 생각났다. 어느 날 재동 엄마는 김 여사를 만나자마자 느닷없이 앞가슴을 풀어헤치고는 말했다.

"여사님, 제 젖 좀 만져 보세요. 몽우리 같은 게 잡히는 것 같지 않아요?"

재동 엄마의 표정은 안정을 잃어버린 듯 먹구름이 잔뜩 끼어 있었다. 김 여사는 재동 엄마가 가리키는 부위를 만져 보고 소스라치게 놀랐다. 손에 잡힌 건 돌멩이처럼 딱딱한 혹이었다. 틀림없는 암 덩어리였다. 김 여사는 목구멍에 뭐가 걸린 듯 아무 말도 할 수가 없었다.

"남편이 젖가슴을 자주 만져 주었더라면 유방암 초기에 발견했을지도 모르는데……."

재동 엄마는 남편을 원망하며 울먹였다.

'나도 정말 유방암이면 어떡하지?'

겁이 더럭 난 김 여사는 그 뒷날 당장 병원으로 쫓아갔다. 지금이야 유방암 검사를 기계로 하지만 그때만 해도 의사가 직접 손으로 촉진했다.

"선생님, 유방암 재검사하라고 해서 왔습니다."

김 여사의 말에 의사는 그녀의 유방을 손으로 샅샅이 만져가며 검사를 했다.

"오진을 했던 모양입니다. 아무 이상 없이 건강합

니다. 걱정 말고 돌아가십시오."

검사 결과 의사는 괜찮다고 했지만 김 여사는 왠지 모르게 찝찝했다.

진찰실을 나온 김 여사는 혼자 중얼거렸다.

"아무래도 개운치가 않아. 다시 한번 더 만져봐 달라고 해야지."

김 여사는 한 번 더 정확한 촉진을 받고 싶었다. 용기를 낸 김 여사는 진찰실로 들어갔다. 그리고 브라까지 벗어던지고는 젖가슴을 의사에게 들이대며 외쳤다.

"선생님, 제 젖 한 번만 더 만져 주세요!"

소가 있는 농촌 풍경

우리나라에는 '생구'라는 말이 있다. '가족'은 한집에 사는 식구를 말하고, '생구'는 한집에 사는 하인이나 종을 말한다. 옛 어른들은 소를 가리켜 생구라고 불렀다. 그만큼 소를 귀하게 여겼다는 뜻일 게다. 소는 농경에 절대적으로 필요한 가축일 뿐 아니라 유사시에는 군에 동원될 정도로 국가적으로도 중요한 역할을 했다고 한다. 그러나 농기구가 발달하면서 농가에서 밀려난 소들은 오로지 사람들에게 우유와 고기를 제공하기 위해 사육당하는 신세가 되어 버렸다.

나는 소를 생각하면 일만 죽도록 하다가 버려진 생구 힘찬이가 생각난다. 그건 내 유년의 추억 한켠에 소에 대한 추억이 곱게 개어져 있기 때문이다.

나는 중학교를 졸업할 때까지 깊디깊은 오지 마을에 묻혀 살았다. 100여 가구 남짓 되는 집들이 올망졸망 모인, 100% 농사를 짓던 마을이다. 그때는 논농사든 밭농사든 삽과 괭이, 쇠스랑, 호미로 땅을 파고 손으로 힘겹게 농사를 지었다. 소로 농사를 짓는 사람도 있었지만 그건 어느 정도 잘사는 가정이었을 것이다. 그래서 농부들은 소를 한 마리 장만하는 게 큰 꿈이었다. 정부는 이런 딱한 사정에 귀 기울여 주었다. 소를 원하는 개별 농가에 외상으로 소를 공급해 주기로 한 것이다. 소값은 농사를 지어 5년에 걸쳐 가을마다 나누어 받기로 하고서 말이다.

아버지는 다리가 튼튼하고 눈이 왕방울만 한 어린 수소를 데리고 오셨다. 우리 집에서 소를 산 것은 금세 동네의 화젯거리가 되었다. 마치 새 색시가 들어온 것처럼 어머니와 세 명의 딸들은 쪼르르 달려 나가 소를 반기고 등을 쓸어 주면서 환영을 했다. 얼굴이 잘생겼다느니, 힘이 셀 것 같다느니, 먹성이 좋겠다느니, 나름대로 관상풀이를 하며 흥분을 했다. 힘찬이라고 이름도 지어 주었다. 그러다가 수소라는 것을 알고 갑자기 아버지께 항의를 했다.

"아버지, 암소로 바꿔다 주세요. 수놈은 우리 편 같

지가 않아요."

"예끼! 계집애들만 오글오글 있는 집에 소라도 남자라야 든든하지!"

아버지는 호탕하게 웃으며 희망에 부푼 표정을 지었다. 힘찬이는 대문 옆에 단독 외양간을 독차지하고 우리 집 재산목록 1호이자 식구가 되었다.

나와 동생은 학교에서 돌아오면 책가방을 내던지고 들판으로 소를 끌고 나갔다. 푸른 잎이 융단처럼 깔린 초원에서 소에게 풀을 뜯기는 일은 정말 즐거웠다. 녀석이 아삭아삭 풀을 뜯어 먹을 때마다 솔솔 풍겨오는 풀 향기가 콧속을 간지럽혔다. 녀석은 배꼴이 얼마나 큰지 마치 쌍둥이를 임신한 막달처럼 배가 불러도 풀만 보면 사정없이 달려가 먹으려고 욕심을 부렸다. 동생과 힘을 합쳐 고삐 끈을 잡아 당기면 기분이 나쁜지 "음머~" 하고 고함을 냅다 질렀다. 아무래도 우리가 여자라고 깔보는 눈치였다. 내일부터는 채찍을 들고 다니며 따끔한 맛을 보여 주리라.

그해 여름, 먹보 힘찬이는 싱싱한 풀을 끝도 없이 뜯어 먹더니 하루가 다르게 몸무게가 늘었다. 겨울이 되자 아버지는 작두로 볏짚을 썰고 콩깍지, 쌀겨, 마른 풀들을 섞어 푹푹 끓여 주었다. 힘찬이는 김이 무럭무럭 나는 여물을 싹싹 핥아 맛있게 먹었다. 덕분에 건강하게 자란 힘찬이는 어느새 청년소가 되었다.

이듬해 봄, 산마다 들마다 꽃들이 방실대며 피어나자 아버지는 소를 끌고 일을 하러 다니기 시작했다. 고단하게 보이던 아버지의 삶에 소가 함께하자 든든해 보였다. 힘찬이는 논과 밭을 갈고, 짐을 나르고, 쟁기질이며 쓰레질에 이르기까지 몇 사람의 몫을 해냈다. 아버지가 "이랴, 워워, 워이~" 하고 외치면 아버지의 말을 알아듣기라도 하듯 잘 따라 주었다.

나는 학교에서 돌아오면 아버지께 드릴 새참을 들고 논으로 나갔다. 그리고 아버지의 일하는 모습을 지켜보며 풀대를 꺾어 가지고 놀기도 하고, 논 옆으로 흐르는 수로에 발을 담그고 앉아 찰방찰방 물놀이도 했다. 그러다 보면 논일이 끝나 집으로 돌아갈 시간이 됐다. 아버지는 소꼴을 베어 지게 가득 지고, 나는 소 고삐를 잡고 쫄랑쫄랑 아버지 뒤를 따랐다. 이렇게 나는 소와 친한 친구가 되었다.

어느 날 아버지는 결혼하여 운천에 살고 있던 언니네 집에 가시게 되었다. 아버지는 하룻밤 묵고 와야 한다며 소에게 풀 뜯기는 일을 잊지 말라고 신신당부를 하셨다. 그런데 그날따라 들판에는 소를 끌고 나온 친구들이 많았다. 우리는 소를 나무에 매어 놓고 시간가는 줄 모르고 신나게 놀았다. 해가 뉘엿뉘엿 넘어갈 무렵 소를 챙겨 집으로 끌고 와 외양간에 묶었다. 온종일 뛰어논 탓인지 피곤이 몰려와 일찍 잠이 들었다.

몇 시쯤 되었을까. 나는 화장실이 가고 싶어 방문을 열고 밖으로 나왔다. 어스름 달빛이 희미하게 사방을 비추고 있었다. 신발을 신던 나는 무심코 외양간을 쳐다보았다. 그런데 이게 웬일인가? 소가 보이지 않았다. 후다닥 달려가 외양간 안을 둘러보았다. 역시 없었다. 나는 용수철 튕기듯 뛰어가 방문을 열고 악을 쓰며 식구들에게 사태의 심각성을 알렸다.

집 안이 발칵 뒤집혔다. 식구들은 뿔뿔이 흩어져 소를 찾아 나섰다. 동네 구석구석, 논둑길, 들판, 꼰낭, 하월천, 갈 만한 곳은 다 찾아보았지만 소는 어디에도 없었다. 식구들은 결국 허탕을 치고 돌아왔다. 외지인이라면 모를까, 우리 마을엔 도둑의 손을 가진 사람은 없었다. 이미 시간은 자정으로 넘어가고 동네는 쥐 죽은 듯 고요한데, 도대체 녀석은 어디로 갔단 말인가. 걱정이 되어 잠이 안 올 줄 알았는데 순식간에 잠이 들었다.

"야, 일어나. 소 찾으러 가야지."

어머니가 나를 흔들어 깨웠다. 이른 새벽이었다. 또다시 소를 찾아 나서려는데 대문 앞에 녀석이 우뚝 서 있었다. 온 식구들이 달려들어 힘찬이를 얼싸안았다. 어제 노는 데 정신이 팔려 풀을 적게 먹였던지 배가 고파 도망을 갔던 모양이다. 소는 겁에 질려 있었다. 두려움까지 겹쳤는지 눈에 눈물이 그렁그렁 고여 있었다.

지금은 힘찬이도 떠나고, 아버지도 저 하늘나라로 이사가신 지 수십 년이 흘렀다. 가끔 농촌 들판을 바라보노라면 아버지가 힘찬이를 데리고 일하시던 모습이 어렴풋이 떠올라 그리움만 쌓인다.

이젠 농사철이 되어 시골에 가도 소를 볼 수가 없다. 소 대신 경운기가 논밭을 갈고, 소 대신 이앙기가 모를 심는다. 퇴비로 거름을 하던 일은 화학 비료가 도맡아 하고 있다. "음머!" 하던 소의 정겨운 소리 대신 삭막한 농기구들만이 덜거덕거리며 농촌 들녘에 버티고 있다. 나는 다시 한 번 농촌 소녀가 되어 소에게 풀을 뜯기고 싶다. 흰구름 둥실 떠다니는 파란 하늘을 한없이 바라보면서 말이다.

상진이

이십대 중반을 막 넘어설 무렵 나는 인천 기독교 사회관에서 유치부 어린이들을 맡아 가르치는 일을 했다. 그때 우리 반 30여 명 되는 꼬마들 중에 유난히 내 눈길을 끄는 아이가 있었다. 얼굴은 하얗고, 바싹 말랐고, 겁이 많고, 잘 울고, 잘 웃지 않는 아이, 상진이었다. 그 아이는 엄마 아니면 누나가 번갈아 가며 유치원에 데려오고 집에 데려갔다. 그런데 엄마란 분은 어찌 보면 할머니 같기도 하고, 누나는 상진이와 16살 정도 차이가 난다고 하니, 아마도 가정에 말 못할 비밀이 숨어 있는 것 같았다.

어느 날, 교실로 들어오는 상진이를 두 팔 벌려 맞이하던 나는 이상한 느낌이 들었다. 아이 몸속에 무엇이 들어 있는지 딱딱한 물체가 내 팔에 부딪혔기 때문이다.

"상진아, 옷 속에 무얼 넣어가지고 왔니?"

상진이의 옷 속을 들여다보던 나는 깜짝 놀랐다. 빨간 글씨가 쓰여진 딱딱한 종이가 상진이의 양쪽 어깨를 짓누르고 있지 뭔가. 어린것이 얼마나 불편할까 싶어 아무 생각 없이 뚝 떼어 쓰레기통에 버렸다.

그날 오후 상진이 어머니가 찾아왔다. 순간 내 맘대로 떼어 버린 종이가 마음에 걸려 이실직고하듯 먼저 말을 꺼냈다.

"참, 상진이 몸에 왜 딱딱한 종이를 붙이셨어요? 불편할 것 같아 제가 떼어 버렸어요."

"그렇잖아도 그 문제도 있고, 또 여러 가지 말씀드릴 것이 있어서 상담 좀 하려고 불쑥 찾아왔습니다."

상진이가 몸에 지니고 있던 종이는 액운을 막아주는 부적이라고 했다. 나는 기독교 집안에서 쭉 자라왔기 때문에 점을 본다거나 부적을 쓰고 굿을 벌이는 일에 대해선 전혀 아는 바가 없었다. 거금을 주고 샀다는 부적도 그날 처음 듣는 이야기였다.

"상진이 어머니, 이쪽으로 와서 앉으세요."

나는 커피를 한 잔씩 앞에 놓고 상진이 어머니와 마

주앉았다. 그녀는 긴장이 되는지 한숨을 길게 내쉬었다. 그리고 살포시 눈을 감고 드라마 속 주인공처럼 살아온 지난 이야기를 털어놓기 시작했다.

"처음 결혼을 했을 땐 꽃길만 걸을 줄 알았어요. 집안 어른의 중매로 가문만 서로 빗대어 보고 결혼을 했지만 하늘이 맺어 준 인연인 듯 행복했고 부부금슬까지 좋아 주위의 부러움도 많이 샀어요. 첫 딸이 태어나자 시부모님은 세간 밑천이라며 엄청 기뻐하셨어요. 또한 아기의 재롱이 늘면서 집안엔 항상 웃음꽃이 피었고 사업도 크게 번창하여 세상의 행복들이 우리 집에 다 모여드는 것 같았어요.

그런데 딸아이가 5살이 되도록 웬일인지 둘째 아기가 생기질 않는 거예요.

'어멈아, 이번에도 소식 없니? 손이 귀한 집이니까 무슨 수를 써서라도 아들만은 꼭 낳아야 한다.'

시어머니가 노골적으로 압박을 가해 오는 바람에 임신이 잘 될 수 있다는 속설과 미신을 믿고 따라하기 시작했어요. 아기 신발을 사 놓으면 아기가 찾아온다기에 신발도 사 놓고, 천하장사 샅바를 구해다 속옷을 지어 입으면 백발백중 임신을 한다기에 어렵게 구해 오기도 하고, 빨간 석류를 창가에 두면 아기가 생긴다 하여 그렇게도 해 보았답니다. 그러나 모두 헛일이었어요. 이를 딱하게 여긴 친정어머니가 임신에 탁월한 효험이 있다는 한약을 지어 오셨어요. 나는 그 약을 꼬박꼬박 잘 먹었어요. 그런데 임신은 커녕 볼썽사나울 정도로 살만 피둥피둥 쪄서 임신과는 완전 거리가 멀어지고 말았어요.

나는 큰 결심을 하고 남편을 설득하기 시작했지요. 남편은 내 의견에 동의할 수 없다며 화까지 버럭 내더군요. 그렇지만 나는 물러서지 않고 끝까지 설득하여 결국 승낙을 받아냈어요. 그사이 시어머니는 쥐도 새도 모르게 씨받이를 주선해 놓고 기다리고 있었죠. 원하는 대로 돈을 주기로 하고서 말이에요.

예로부터 남편과 씨받이가 합방을 할 때면 본부인이 문 앞에서 무사히 합방이 끝나는 걸 지켜보는 게 전례라며 시어머니는 나에게 그리하라 했어요. 아들 못 낳는 며느리는 감정도 없는 줄 아는지 목석 취급하는 시어머니가 몹시 야속했어요. 남편이 시앗을 보면 돌부처도 돌아앉는다고 했지만 나는 온갖 수모를 참아내며 남편을 씨받이가 기다리는 방으로 밀어 넣었어요. 그리고 돌아서는데 금세 방에 불이 꺼지더군요. 나는 눈물을 흘리며 정신없이 밖으로 뛰어나갔어요. 그날따라 달빛이 흘러 넘쳐 전등 없이도 마을을 돌아다닐 수 있었어요.

씨받이가 임신을 하면 출산할 때까지 방안에서만 지내야 한대요. 아들을 낳으면 주인집에 두고 나가지만 딸인 경우 자신이 데리고 나가 키워야 된다고 하고요. 다행스럽게도 아들이 태어났어요. 그렇게 기다리고 기다리던 금쪽같은 아들이 바로 상진이랍니다. 혹시 낯선 여인이 상진이를 찾아오면 절대 내보내면 안됩니다. 선생님만 믿고 열심히 유치원에 보내겠습니다."

상진이 엄마는 막이 내린 무대 뒤의 쓸쓸한 배우처럼 어색한 미소를 띄우며 일어섰다. 나는 상진이 엄마의 두 손을 감싸 쥐고 말없이 고개만 끄덕였다.

약국에서

친구가 약국을 개업했다. 옴짝달싹할 수 없는 일들이 줄다리기를 하고 있었지만, 친구처럼 자매처럼 지내온 세월의 무게가 가족만큼이나 두텁다 보니 모른 체할 수는 없었다. 교회에서 목사님과 권사님 몇 분도 축복기도를 하러 오신다기에 그들보다 한 발자국 먼저 달려갔다. 세 명의 약사가 일하고 있는 약국은 도회지의 대형 약국에 어울리게 매우 밝고 청결하며 세련된 분위기였다. 벽 한쪽에 친구의 약사 자격증이 걸려 있고 그 밑에 내가 보낸 개업 축하 화분이 빛을 내고 있었다.

주위에 국립 정신병원을 중심으로 개인병원들까지 밀집되어 있어서 약국 자리로서는 완벽했다. 그러나 정신병원 앞이다 보니 찾아오는 환자 대부분이 예민하고 까다로워 약간의 어려움을 겪고 있었다. 병원 처방대로 약을 조제해 주어도 일일이 약을 검사해 보고 약사를 오랫동안 붙들고 따지듯 꼬치꼬치 캐묻는 손님도 보였다. 귀찮아할 만도 한데 친구는 시종일관 미소를 머금고 친절하고 친근감 있게 손님을 대했다. 그 모습을 보니 창창한 미래가 이어질 것 같았다. 개업을 축하하러 온 친척들과 손님들이 한쪽에서 떡과 차를 마시며 우스갯소리를 하여도 세 명의 약사는 흐트러지지 않고 자기 일에 충실했다.

북적대던 약국은 오후가 되어서야 다소 한산해졌다. 물 한 모금 못 마시고 일만 하던 약사들에게 커피 한 잔씩 돌리고 나서 나도 마시려고 할 때였다. 50대 후반으로 보이는 여자가 들어왔다. 아이보리색 바지에 감색 티셔츠 차림의 여자는 키가 작고 바싹 말라서 건드리기만 해도 부서질 것만 같았다. 중학생과 고등학생으로 보이는 두 아들을 밖에 세워 두고 혼자 비틀거리며 약국 안으로 들어선 여자는 갑자기 털썩 주저앉더니 뒤로 꽈당! 하고 넘어지는 게 아닌가.

깜짝 놀란 내가 쫓아가 일으켜 보니 바지에서 물이 뚝뚝 떨어졌다. 넘어지면서 무의식중에 소변을 보고 실신해 버렸는지 몸을 가누지 못하고 흐느적거렸다. 나는 여자를 부둥켜안고 긴 의자에 눕혀 편안하게 해 주었다. 여자는 푸우푸우 거칠게 숨을 몰아쉬더니 금방 잠이 든 것처럼 미동도 하지 않았다. 나는 그녀의 두 손을 가슴 위에 모아 주고 머리를 반듯하게 해 주었다.

내가 해 주는 대로 꼼짝 않고 누워 있는 모습이 영혼과 육신이 분리된 사람처럼 아무런 생기가 느껴지지 않았다. 갑자기 오스스 소름이 끼치며 솜털이 돋아났다.

'설마 죽은 건 아니겠지?'

불길한 예감에 안절부절못하고 있는데 친구가 나에게 다가와 귓속말로 주의를 주었다.

"배뇨실신은 위험한 신호니까 더 이상 환자 몸에 손 대지 마. 만약 잘못될 경우 애먼 너에게 책임을 전가시킬 수도 있으니 조심해."

그 말에 아연하여 그녀 곁에서 물러서서 엉거주춤 지켜보고 있었다. 두 아들이 심상치 않은 조짐을 느꼈는지 안으로 들어와 "엄마! 엄마!" 하고 다급히 부르며 여자를 흔들었다. 그러자 가슴 위에 포개져 있던 여자의 오른팔이 툭 하고 밑으로 떨어져 내렸다.

"그동안 병원에 입원해 있다가 오늘 퇴원해서 집으로 가는 길에 약을 지어 가려고 들어왔는데, 우리 엄마가 왜 저래요?"

두 아들은 발을 동동 구르며 울부짖었다.

"빨리 구급차 불러요!"

내 말에 큰아들이 전화를 돌렸다. 그러자 경찰이 쫓아왔고, 구급차도 굉음을 내며 달려왔다. 들것을 들고 약국 안으로 들어온 병원 관계자는 환자의 상태를 살피더니 "이미 운명하셨네요." 하며 흰 천으로 그녀의 온몸을 덮어 버렸다.

'운명했다고?'

가슴이 덜컥 내려앉았다. 순간 삶의 모든 흐름이 정지되어 버린 듯했다. 무엇이 급해 남의 약국 안에서 임종을 한단 말인가. 삶이 그렇게 쉽고 또 간단하게 끝나다니 허무하고 또 허무했다. 죽음이란 아주 멀고 보이지 않는 곳에 있는 줄 알았는데 이토록 가까이 있었다는 게 도무지 믿기지 않았다.

"유가족분들, 차에 타세요."

두 아들은 넋이 나간 채 구급차에 올랐고, 나는 구급차의 사이렌 소리가 안 들릴 때까지 고인의 영생복락을 빌고 또 빌었다. 나는 친정 부모님의 임종도 지키지 못한 불효자다. 그런 내가 엉뚱하게 처음 본 여자의 임종을 지켜본 장본인이 되다니 이건 무슨 인연일까?

조금 전까지 살아 있던 사람이 세상에서 사라져버렸다는 게 믿기 어렵지만, 산 자는 또 열심히 살아야 하고 삶은 계속되어야 한다. 개업식 날 행인이 들어와 죽어 나갔다고 하면 쓸데없는 말들이 바람을 타고 날아다니며 약국에 흠집을 낼 수 있다. 또한 사람이 죽어나간 약국이라고 손님이 뚝 끊어질지도 모른다. 그러나 믿음 안에서 생활해 온 친구는 임종할 수 있는 장소를 내어준 약국이 되었으니 끝없이 번창할 거라며 너스레를 떨었다.

나는 새로 오픈한 친구 약국에 행여 불미스런 소문이라도 나돌까 싶어 아무 일도 없었던 것처럼 약국 안을 반짝반짝 재정리하면서 아무도 몰래 눈물을 흘렸다.

뾰족구두

코로나19의 기세가 수그러들면서 굳게 닫혔던 모임의 문이 열리고 있었다.

"여보, 다음 토요일은 동창 부부 모임이 있는 날이니 다른 약속 잡지 말아요."

남편이 말했다.

그렇지 않아도 코로나19 때문에 마음껏 외출하지 못해 새장에 갇힌 새처럼 답답했는데, 지루함도 달래고 싱그러운 바람도 쐴 생각에 마음이 들떴다.

"어떤 옷을 입고 나갈까?"

옷장 문을 열어보았다. 색깔이 곱고 디자인이 얌전한 원피스가 눈에 띄었다. 구두만 잘 맞춰 신으면 전형적인 할머니 모습은 면할 것 같았다. 패션의 마침 표는 구두라고 했다. 옷과 어울리지 않는 구두를 신으면 옷발이 살지 않는다고도 했다. 그래서 나는 옷에 어울리는 구두를 찾기 위해 신발장 문을 열고 이것저것 만져도 보고 신어도 보았다. 굽이 높은 까만색 에나멜 구두가 잘 어울릴 것 같아 광이 나도록 닦았다.

그날은 맑게 갠 가을날로 나들이하기에 딱 좋은 날씨였다. 눈부신 햇살이 쏟아지는 걸 보니 날아갈 것처럼 기분이 좋았다. 하이힐을 신은 뒤꿈치를 바짝 세우고 또각또각 걸음을 내딛었다. 각선미가 한층 돋보이고 키가 훨씬 커져서 매력적으로 보일 거라는 생각이 들자 웃음이 절로 나왔다. 하이힐은 내 스타일을 살려 주는 데 최고의 신발이 되어 주었다. 나는 가슴을 쫘악 펴고 신나게 걷기 시작했다.

15분쯤 걸었을까? 발가락 중에 가장 긴 검지가 옥죄이기 시작했다. 무시하고 몇 발자국 더 걸었다. 이번엔 발가락 전체가 욱신욱신 쑤시고 아파 왔다. 게다가 발목이 꺾어질 것처럼 고통스러워 더 이상 걸을 수가 없었다. 코로나19 이전만 해도 한 뼘 높이의 하이힐을 신고 잘 걸어다녔다. 그런데 2년의 세월이 나를 이렇게 망가뜨릴 줄이야. 내 나이가 몇인지 생각하지도 않고 마음만 청춘이다 보니 감당할 수 없는 뾰족구두를 신고 나와 망신을 떨고야 말았다.

고통을 견딜 수 없어 앞서가는 남편을 불러 세웠다. 그리고 진땀을 흘리며 몇 발자국 더 걸어가 남편에게 쿵! 하고 몸을 맡기며 사정없이 팔을 움켜잡았다. 깜짝 놀란 남편이 나를 한쪽으로 끌고 갔다. 사실 우리 부부는 사이가 나쁘진 않지만 다정하게 팔짱을 끼고 나들이하는 사이도 아니다. 남편은 사극 속에 나오는 대감처럼 몇 발자국 앞에 걸어가고, 나는 남편을 잃어버리지 않을 정도로 따라가는 게 습관이 되어 있다. 복잡한 곳에서 한눈을 팔다간 헤어질 수도 있어 정신을 바짝 차려야 한다. 그러나 오늘처럼 높은 구두에서 떨어질 위기에 처했을 땐 남편에게 달려들어 진하게 품에 안긴다. 나의 어이없는 행동을 보며 남편이 한마디했다.

"옛말에 몸이 편하려면 넉넉한 신발을 신고, 마음이 편하려면 첩을 두지 말라고 했어요."

이 말을 듣자 남편의 마음을 대변이라도 한 듯한 권이영 시인의 작품 「뾰족구두」가 생각났다. 시의 전문을 인용하면 다음과 같다.

그건 모험이야

그 나이에 이젠 굽 낮은

평화가 좋지 않느냐고

나는 충고하지만

아내는 요지부동 뾰족구두다

좀 위태위태하지만

몇 센티만 높아도 얼마나 더 커 보이는데

오늘도 딱-딱-딱-딱-

평화보다 모험을 택한 아내가

조금 낮추더라도 평화롭기를 바라는 나에겐

겁난다고 할까

대견스럽다고 할까

지하 주차장 계단 내려가다가 삐끗

움찔하며 내 팔을 꽉 붙잡는 아내가

웃긴다고 할까

귀엽다고 할까

―권이영의 「뾰족구두」 전문

노인네가 겁도 없이 신고 나온 위태한 뾰족구두에 대해 족집게처럼 잘 꼬집어 표현한 시였다. 남편은 모임에 가던 길을 포기하고 백화점으로 나를 끌고 가

서 발 편한 운동화를 사 주었다. 요즈음은 세상이 변해서 노인이든 젊은이든 편안한 운동화를 선호한다면서 말이다. 운동화는 발이 편할 뿐만 아니라 패션의 중요한 역할을 할 정도로 모양도 예뻤다.

나는 집에 돌아오자마자 신발장에 들어앉은 굽 높은 뾰족구두들을 몽땅 꺼내 비닐 봉투에 담았다. 다시는 신을 수 없게 되었으니, 이별을 하기로 한 것이다. 뾰족구두들을 헌옷 수거함에 넣고 돌아오며 중얼거렸다.

"이젠 안녕! 나의 뾰족구두들아."

직박구리 부부

　우리 동네 집들은 시멘트로 꽁꽁 싸서 지은 5층짜리 다세대 주택들뿐이다. 거기다 2분만 걸어 나가면 8차선 대로 위로 차들이 줄기차게 지나다닌다. 사방을 둘러보아도 흙 한 줌 보이지 않고, 나무라고는 가로수와 화분에 들어앉은 꽃 몇 포기가 전부다. 그런 동네에 흙을 깔고 앉은 30년 묵은 우리 집이 기죽지 않고 버티고 있다. 20평 남짓한 마당에는 몇 그루의 나무들과 꽃나무, 잡초들이 한데 어우러져 살고 있다.
　이웃에는 뜰을 지닌 집들이 없어서 우리 집으로 많은 손님들이 찾아온다. 내 것, 네 것이라는 분별이 전혀 없는 온갖 생물들이 무조건 들어와 터를 잡고 산다. 나비, 벌, 개미, 땅강아지, 거미, 굼벵이…… 심지어 비 오는 날이면 지렁이까지 기어 들어온다.

그 틈에는 내가 질색하는 벌레도 끼어 있다. 송충이란 녀석은 온몸에 털을 숭숭 매달고 눈을 껌벅거리며 나뭇잎을 사각사각 갉아 먹는다. 나는 호랑이나 늑대 따위는 무섭지 않지만 송충이만 보면 비명을 지르며 자지러진다. 녀석을 만나고 나면 온몸이 근질거리고 내 몸 어딘가에 붙어 있는 것만 같아 기절할 것 같다. 당장 약을 쳐서 몰살시키려 하다가도 그들도 살려고 태어난 것이니 성충이 될 때까지 참기로 한다.

지난 5월 말이었던가? 하루는 우리 집에 처음 보는 새 부부가 찾아왔다. 그들은 이곳저곳을 두루 살피기 시작했다. 향나무 위에도 앉아 보고, 키가 큰 주목나무 위에도 올라가 보고, 처마 밑을 빙빙 돌아보기도 했다. 그러더니 수컷이 '삐리릭! 삐리!' 하고 투명한 금속성의 경쾌한 목소리로 암컷에게 뭐라고 외쳤다. 암컷이 '삐리릭!' 하고 대답을 하자 두 마리는 동시에 날개를 가볍게 펴고 포르릉포르릉 날아가 버렸다. 참으로 예쁘게 생긴 새였다. 나는 인터넷을 통해 처음 보는 녀석들의 뒷조사를 해 보았다.

'이름은 직박구리. 우리나라 텃새이며 목소리가 유난히 커서 친구들끼리 모이면 쉬는 시간의 여학생들

보다 더 시끄럽게 떠들어 대는 새.'

그다음 날 직박구리 부부는 또다시 우리 집을 찾아왔다. 우리 집에다 둥지를 틀기로 결정을 한 모양이다. 안방 앞 차양 밑으로 쭉 뻗은 주목나무 가지 위에 터를 잡고 기초 공사를 하더니, 어디론가 날아가 연하고 부드러운 검불을 물어다가 바구니 모양의 둥근 집을 짓기 시작했다. 오로지 주둥이를 망치삼아 튼튼하게 공사를 했다. 나는 처음 보는 일이었기에 안방 커튼 뒤에 숨어서 유심히 살폈다. 주둥이 하나로 그런 새 둥지를 어찌나 잘도 만들어 내는지 놀라웠다. 이틀 만에 집을 완공한 부부는 다정히 둥지로 들어가 꼭 껴안고 잠이 들었다.

이튿날, 수놈은 아침 일찍 나무가 많은 공원으로 날아갔고 암놈은 알을 품기 시작했다. 얼마쯤 지나자 수놈이 먹이를 물고 와 전깃줄에 앉아서 '삐리릭! 삐리!' 하고 아내를 불렀다. 이 소리를 들은 암놈은 눈 알을 데구르르 굴리며 남편에게 달려가 먹이를 받아 먹고는 얼른 둥지로 돌아와 또다시 알을 품었다. 수놈은 온종일 아내에게 먹일 먹이를 구해 나르느라 쉬지 않고 일을 했다.

직박구리 부부의 감동적인 부부애를 함께 지켜보던

옆집 여자가 갑자기 볼멘소리로 불평을 했다.

"새도 아내가 새끼를 까려고 하니까 전력을 다해 맛있는 먹이를 구해다 먹이는데, 우리 남편은 뭐 그 따위야? 내가 임신해서 입덧 때문에 음식을 못 먹어도 사과 꽁댕이 하나 사다 준 적이 없다니까. 말 못하는 짐승이 우리 남편보다 훨씬 낫네."

"세상에, 그런 말이 어디 있어요? 새한테 사람을 비교하다니 별소릴 다 듣겠네."

까르르 웃으며 흘려버린 농담이지만 미물에 불과한 그들에게서도 배울 게 있었다.

직박구리 부부의 달달한 신혼생활을 혼자 보기 아까워서 나는 전화통을 붙들고 동네방네 외쳐대기 시작했다.

"서울 한복판 우리 집에 직박구리 부부가 신방을 차렸어요!"

믿지 않을까 봐 동영상까지 찍어 날랐다. 이 소식을 들은 친구들이 깜짝 놀라며 축복을 해 주었다.

"어머나! 그 집에 행운이 깃들 징조구먼."

"분명 좋은 일이 생길 거야."

알을 품기 시작한 지 14일이 지난 어느 날이었다. 외출에서 돌아와 보니 새 둥지에서 탄생 축하 팡파르가 조용히 울려 퍼지고 있었다. 둥지 속에서 연분홍 새싹처럼 연하고 가느다란 세쌍둥이 아기 새들이 입을 짝짝 벌리고 울부짖으며 세상에 태어남을 알리고 있었던 것이다. 가슴이 뭉클해지며 감동이 물 밀듯 몰려왔다.

"얘들아, 건강하게 무럭무럭 자라라."

사람이든 짐승이든 생명의 탄생처럼 귀하고 신비한 일이 또 어디 있을까. 아빠, 엄마가 된 직박구리 부부는 꼬물대는 세쌍둥이를 먹여 살리느라 사방팔방으로 날아다니며 먹이를 구해 왔다. 엄마가 벌레를 잡아 가지고 와서 앉기가 무섭게 아기 새들은 입을 짝짝 벌리고 서로 먹겠다고 아우성이었다. 분홍 입을 한껏 벌리면서 쨱쨱대는 모습이 마치 꽃봉오리처럼 예뻤다.

하루는 새 부부가 먹이를 구하러 간 사이 세찬 소낙비가 쏟아졌다. 나는 걱정이 되어 새 둥지 위에 우산이라도 씌워 주려고 달려 나갔다. 그런데 언제 돌아왔는지 엄마 새가 날개로 나를 탁 치며 참견하지 말라는 신호를 보내왔다. 하마터면 직박구리 내외한테 공격을 받을 뻔했다.

아기 새들은 하루가 다르게 무럭무럭 자라났다. 엄

마가 먹이를 물고 오면 서로 먼저 먹겠다고 싸움도 하고 둥지 밖으로 다리를 척 올려놓기도 했다.

아기 새들의 분홍색 알몸뚱이에 거뭇거뭇 털이 날 무렵, 기쁜 소식이 날아왔다. 스위스에 살고 있는 막내딸이 한 번 다녀가시라며 비행기 표를 보내온 것이다. 주위 사람들이 좋은 일이 생길 거라고 하더니 딱 들어맞았다. 나는 직박구리 가족을 둘째 딸에게 부탁하고 스위스로 날아갔다. 그리고 3년 만에 마주한 손자들을 얼싸안고 직박구리 새 이야기를 들려주었다. 손자들은 동화 한 편을 듣듯 귀를 쫑긋 세우고 까만 눈을 반짝이며 재미있게 들어 주었다.

여행을 마치고 돌아오기가 무섭게 새 둥지를 들여다보았다. 직박구리 다섯 식구가 행복하게 살고 있을 것을 상상하면서. 그런데 없다. 둥지는 텅텅 비어 썰렁했고 새들은 한 마리도 보이지 않았다. 봉숭아, 분꽃, 채송화, 백일홍은 그사이 무럭무럭 자라 정글 숲을 이루어 놓고 나를 반기는데 새들은 모두 어디로 갔을까? 그때 둘째 딸이 말했다. 얼마 전 아빠, 엄마 새가 아기 새들을 전깃줄에 앉혀 놓고 비행연습을 시키더니 어느 날 모두 데리고 이소를 해 버렸다고.

그다음 날 아침, 귀에 익은 새 소리에 깜짝 놀라 나

가보니 직박구리 식구들이 전깃줄에 앉아 "삐리릭! 삐릭!" 하며 노래를 부르고 있지 뭔가. 그들은 우리 집을 외갓집으로 아는지, 아침 저녁으로 놀러와 한바탕 떠들다가 어두워지면 공원으로 돌아갔다. 콘크리트 건물도, 요란한 차 소리도 무서워하지 않는 용감한 새들이다. 온통 회색빛의 시멘트 숲속에서 직박구리의 경쾌한 노랫소리는 오늘도 어김없이 들려온다.

"삐리릭! 삐릭! 삐리릭! 삐릭!"

박하사탕과 바둑알

　새로 이사한 아파트 근처에 교회가 있다. 나는 동네 지리도 익힐 겸 교회에도 가 볼 겸 밖으로 나왔다.

　"어디 가세요?"

　아파트 앞 슈퍼마켓 아주머니가 알은체했다.

　"앞으로 다닐 교회를 알아보려고 나왔어요."

　"어머! 교인이세요? 그럼 우리 교회 다니세요. 우리 목사님이 이 도시에서 제일 훌륭하신 분이세요."

　아주머니가 교회 자랑을 늘어놓으려는데 손님이 와서 말이 끊겼다. 나는 슬금슬금 걸어 교회를 찾아갔다. 마침 교회 문이 활짝 열려 있어서 조심스럽게 들어갔다. 마당 한쪽에서 분갈이를 하던 남자와 눈이 마주쳤다.

"무슨 일로 오셨습니까?"

"네, 저는 길 건너 건강 아파트에 새로 이사를 왔는데 교회가 보이기에 앞으로 다녀볼까 하고 찾아왔습니다."

"아! 그러세요? 저는 이 교회 백남기 목사입니다."

"목사님이 직접 분갈이까지 하세요?"

"작은 교회라 제가 분갈이도 하고 청소도 하며 교회를 섬기고 있습니다."

그제야 나는 목사님을 왜 훌륭한 분이라고 하는지 알 것 같았다.

"밖에서 이럴 게 아니라 사무실에 들어가 차라도 들면서 이야길 나누죠."

백 목사는 내가 바쁘다고 하는데도 억지로 끌고 안으로 들어갔다.

"목사님은 이 도시에서 아주 유명한 분이시더군요."

"부족한 게 많은 목사를 교인들이 훌륭하게 봐 줄 뿐입니다."

그러더니 백 목사는 엉뚱하게도 요즈음 TV에서 세상을 뜨겁게 달구고 있는 '미스터 트롯' 이야기를 꺼냈다.

"미스터 트롯 가수들을 보십시오. 단 5분이라는 짧

은 시간 안에 노래 한 곡을 불러 시청자들을 감동시키고 눈물까지 흘리게 하지 않습니까? 목사들은 30분 이상 설교를 하면서 교인들을 지루하게 만들고 부흥도 시키지 못하고 있습니다. 목사들도 짧은 시간 안에 교인들이 은혜 받을 수 있는 설교를 할 수 있도록 기도 많이 하며 노력해야 합니다."

백 목사는 더도 말고 덜도 말고 딱 20분간 하나님 말씀을 통해 감동을 줄 수 있는 설교를 연구해오고 있다고 했다. 교인들은 20분 설교에 만족하며, 조금만 길어져도 지루해한다는 것이다.

옛날과 달리 요즈음은 인터넷에 아무리 좋은 글을 올려도 조금만 길다 싶으면 "길어서 읽기가 싫어요."라는 댓글이 올라온다고 했다. 어쩌다 교인들이랑 음식점에 가서 "뭘 시킬까요?"라고 물으면 "무조건 빨리 나오는 음식이요."라는 대답을 합창하듯 한다며 쓸쓸하게 웃었다. 아무리 말씀이 좋아도 긴 설교가 환영받는 시대는 지났다며, 목사들도 현실을 잘 파악해 피나는 연습과 노력을 해야 한다며 열변을 토했다.

그다음 일요일, 나는 설레는 마음으로 교회에 갔다. 목사님의 설교는 소문대로 딱 20분 만에 칼같이 끝났다. 설교 준비를 얼마나 완벽하게 했는지 듣는 내내 은혜가 넘쳤다.

"설교가 조금 더 길어도 좋을 텐데……."

내가 아쉬워하며 중얼거리자 옆에 앉았던 교우가 속삭이듯 말을 하며 웃었다.

"별명이 면도날 목사라 설교를 20분 이상 하는 걸 본 적이 없어요."

신기한 건 목사님은 시계를 차고 있지 않았고 교회 안에도 시계가 없는데 20분의 설교 시간을 정확하게 지킨다는 사실이다.

'20분 명설교'라는 소문이 나돌자 비법을 알고 싶어하는 타교회 목사님들의 발길이 이어졌다. 그러나 백 목사는 20분 설교 이야기만 나오면 입을 꾹 다물어 버렸다. 일 년 열두 달, 단 한 번도 어긴 적 없는 20분 설교의 비결은 베일에 싸인 채, 백 목사는 점점 유명해졌다.

그러던 어느 일요일 예배 시간이었다. 목사님의 설교는 시작한 지 20분이 지나고 40분이 지나도 끝나지 않았다. 백 목사는 했던 말을 다시 반복하는가 하면 쓸데없는 말을 늘어놓기도 했다. 50분이 지나자 교인들이 여기저기서 술렁거리기 시작했다.

"면도날 목사가 왜 저러지? 설교가 왜 갑자기 길어

진 거야?"

권사님들은 견디다 못해 중간에 나가 버렸다. 집사님들도 수군거리며 교회를 빠져 나갔다. 오랜 세월 20분 설교에 길들여진 교인들은 참지를 못했다. 차가 막혀 5분만 지체해도 경적을 울리며 빵빵거리듯 교회라고 다를 바가 없었다.

설교는 한 시간이 조금 지나고 나서야 끝이 났다. 도무지 알 수 없는 일이었다. 나는 궁금해서 목사님의 뒤를 따라 사무실로 들어갔다. 그리고 망설이지 않고 단도직입적으로 물었다.

"목사님, 오늘 설교를 왜 그렇게 길게 하셨어요?"

"아, 그게 사실은 그놈의 바둑알 때문입니다."

"네? 바둑알 때문이라고요?"

목사님은 그동안 설교할 때마다 박하사탕을 입에 물고 말씀을 전했다고 한다. 박하사탕이 입속에서 녹는 시간이 딱 20분 걸린다지 뭔가. 오랜 기간 여러 가지 사탕을 입에 물고 녹는 시간을 실험해 본 결과 박하사탕이 가장 정확했단다. 그래서 박하사탕을 입에 물고 설교를 하면 흐름이 깨지지 않고 시간도 칼같이 딱 맞아떨어져 정확한 시간에 설교를 끝낼 수 있었던 것이다. 그런데 오늘은 늦잠을 자는 바람에 서두르다

보니 그만 하얀 바둑알을 박하사탕인 줄 알고 입고 물고 설교를 했다는 것이다. 바둑알 때문에 20분 전설의 설교가 깨졌다며 백 목사는 억울한 듯 책상을 쾅내리쳤다. 그러고는 나에게 귓속말로 소곤거렸다.

"집사님, 박하사탕의 비밀을 부디 아무에게도 발설하지 말아주세요. 네?"

20분 설교의 비밀을 간직했을 때의 당당한 모습은 간데없고 비밀이 탄로나지 않게 해 달라며 나에게 사정을 하는 백 목사를 보고 있자니 실소가 터져나왔다.

어머니의 찬송소리

우리 어머니는 평생 글을 몰랐다. 이렇게 말하면 궁핍한 가정에서 태어난 데다 여자라서 글을 가르치지 않았기 때문이라고 생각하기 쉽다. 그러나 우리 어머니는 예외다. 어머니는 황해도 옹진에서 만석꾼의 막내딸로 태어나, 아흔아홉 칸 저택에서 아씨라는 호칭을 들으며 어린 날을 보냈다고 한다. 외할아버지는 딸들도 배워야 한다며 훈장을 집으로 불러들여 글을 가르치셨다. 두 이모는 학문에 열정을 갖고 매달린 덕에 덕행이 높고 학문이 뛰어난 여성 지도자로 활동을 했다. 그러나 어머니는 몸이 약한 데다 공부에 뜻이 없어서 훈장만 오면 이불을 뒤집어쓰고 아픈 척을 했단다. 그렇게 글공부와 담을 쌓는 바람에 문맹자가 되고 만 것이다.

부자였던 외갓집에선 딸을 시집보낼 때 3년간 어머니를 도울 몸종을 딸려 보냈다. 뿐만 아니라 부엌일과 육아를 도맡아 할 유모까지 특별히 보내주어서, 언니와 나는 유모 손에서 자랐다고 한다. 그처럼 손에 물 한 방울 묻히지 않고 호강만 하던 어머니가 6.25전쟁으로 가난뱅이 중에서도 상 가난뱅이로 전락할 줄 누가 알았을까.

인민군들한테 전 재산을 다 빼앗긴 우리 가족은 겨우 목숨만 부지한 채 빈손으로 피란을 나오고 말았다. 그때부터 생전 겪어 보지 않은 가난과 고생이 시작되었다. 아씨마님에서 아낙네가 되어버린 어머니와 호농에서 빈농이 되어버린 아버지는 겨우 생계를 꾸려 나갔다. 어머니는 갑자기 추락한 환경을 감당하지 못하고 우울증에 시달리기까지 했다. 만약 신앙이 없었더라면 우리 가정은 조각이 났을지도 모른다. 그러나 세월이 약이라고 했던가. 도저히 앞날을 헤쳐나갈 수 없을 것 같았던 우리 가정은 서서히 현실에 적응하고 웃음을 되찾기 시작했다.

국민학교(지금의 초등학교)에 들어간 나는 학교에서 성적표나 가정통신문, 상장 등을 받아 오면 어머니께는 아예 보여드리질 않았다. 궁금한 어머니가 물으셨다.

"그게 뭐니?"

"엄마는 몰라도 돼. 봐도 읽을 줄도 모르면서……."

어머니의 답답한 마음을 헤아릴 줄 몰랐던 나는 가방을 멘 채 아버지를 찾았다.

"아버지는 어디 가셨어요?"

"논에 김매러 가셨다."

어머니 말씀이 떨어지기가 무섭게 논으로 내달리는 내 뒷모습을 보며 어머니는 한숨을 푹 쉬면서 우울해하셨다.

"아버지, 아버지! 상장 받아 왔어요."

"그래? 아주 잘했구나. 어디 보자."

아버지는 흙 묻은 손을 씻고 논두렁에 앉아 상장을 들여다보며 세상에서 가장 행복한 웃음을 지으셨다.

내가 국민학교 3학년이 되었을 때였다. 어머니는 어린 나를 선생 삼아 글공부를 하고 싶다고 하셨다.

"교회 갔더니 김 권사하고 나만 글을 못 읽더라. 모두들 찬송가도 잘 찾고 성경도 잘들 읽더라고."

어머니는 마음이 급한지 하루빨리 글을 배우고 싶어 하셨다. 해서 나는 어머니께 글을 가르치기 시작했다. 어머니의 공부는 봄을 지나 바쁜 여름이 될 때까지 계속되었다. 고생스런 환경 속에서도 반드시 글을 깨우치겠다는 일념 하나로 공부에 열심이셨다.

하지만 서툰 나의 가르침은 평생 공부라는 걸 해 본 적 없는 어머니를 가르치기엔 역부족이었다. 배우고 돌아서면 묻는 게 일이었다. 철이라고는 눈곱만큼도 없었던 딸년은 어머니의 아둔함에 신경질을 냈다.

"엄마, 정신 차려! 엄마가 되어 가지고 배운 걸 금방 잊어버리면 어떡해요."

엄마는 기분 나빠할 줄도 모르고 자존심도 없는 줄 알고 바보, 맹순이, 짱돌 같은 단어를 아무렇지도 않게 날렸다.

"엄마가 귀찮니?"

어머니의 얼굴에는 슬픔이 가득했다. 그 모습을 보니 어린 마음에도 내가 잘못했다는 것을 느꼈다.

추운 겨울, 웃풍이 센 방에서 어머니와 이불을 뒤집어쓰고 도란도란 책을 읽었다. 때론 찬송가도 가르쳐 드렸는데 의외로 재미있어하셨다. 그러나 글은 아무리 가르쳐도 기억하는 것보다 잊어버리는 게 더 많았다. 나이도 많거니와 하루 종일 일에 시달렸으니 어찌 글자가 머릿속에 들어간단 말인가. 어머니는 끝내 글을 완전히 깨우치지 못했다.

나는 그때 어머니에게 왜 좀 더 친절하고 따뜻한 목소리로 글을 가르쳐 드리지 못했을까. 지금 와서 후회를 해 보지만 아무 소용이 없다. 생각할수록 미안하고 마음이 아프다.

'엄마 미안해요, 정말 미안해요, 용서해 주세요.'

그래도 내 마음에 작은 위로가 되는 기억이 있다. 어머니께서 찬송가 375장만큼은 가르쳐 드린 대로 4절까지 다 외워 부르셨다는 것이다. 비록 음정, 박자 모두 무시하고 염불 읊듯 읊조리실 뿐이었지만, 밭일을 하면서도, 부엌일을 하면서도 가사만큼은 토씨 하나 안 틀리고 잘 부르셨다.

지금도 어머니만 떠올리면 찬송소리가 귓가를 맴돈다. 어머니가 보고 싶은 날이면 나는 어머니의 18번이었던 찬송을 꺼내 읊조려 본다.

나는 갈길 모르니 / 주여 인도하소서
어디 가야 좋을지 / 나를 인도하소서
어디 가야 좋을지 / 나를 인도하소서.

몸에서 나는 소리

　사람 몸에선 도대체 몇 가지 소리가 날까? 궁금한 마음에 하나 둘 꼽아 보다가 깜짝 놀랐다. 내가 생각했던 것보다 훨씬 많은 소리가 났기 때문이다. 꾸루룩, 카악, 콜록콜록, 빠드득빠드득, 꺼억, 뚝, 에취, 훌쩍, 뿌웅, 쩝쩝, 딸꾹딸꾹……. 이렇듯 우리 몸은 하루 종일 일을 하며 다양한 소리를 만들어 내보내고 있다.

　이런 소리들은 대부분 자연적인 현상이므로 크게 신경쓰지 않고 살아도 된다고 한다. 그러나 점잖은 자리에선 난감해질 수 있는 소리도 있고, 창피하고 민망한 소리도 있으며, 듣기 거북한 소리도 있다.

　그중에서 하루에 13~25회 정도의 가스를 몸 밖으

로 내보내는 소리가 있다. 그건 바로 방귀 소리다. 물론 더 자주 뀌는 사람도 있고 덜 뀌는 경우도 있겠지만 평균적으로 그렇다고 한다. 유독 방귀 소리가 크고 우렁찬 사람은 직장과 항문이 매우 건강하다는 증거라고 한다.

방귀는 어감이 별로 좋지는 않지만 사람들에게 웃음을 주는 것은 확실하다. 누군가 방귀를 뿡 하고 뀌면 모두들 웃지 화를 내지는 않으니까. 그렇지만 때와 장소에 맞게 매너를 지키는 게 바람직하다. 아가씨인 경우 부끄럽다는 이유로 이를 악물고 참다가 얼굴이 노랗게 되어 응급실로 실려 오는 일들이 심심치 않게 일어난다고 한다. 그까짓 방귀가 뭐라고 질식할 정도로 참는단 말인가!

어쩌다가 유쾌하지도 않고 향기롭지도 못한 주제로 글을 쓰게 되었는지, 마치 내가 방귀를 뀌다 들킨 것처럼 민망하고 부끄럽다. 하지만 기왕 시작한 글, 도저히 잊을 수 없는 방귀쟁이 세 사람 이야기를 기록해 보려고 한다.

방귀쟁이 1

이른 새벽 언니한테서 전화가 왔다. 건강하던 조카가 갑자기 죽었다는 거였다.

"급성신장염이래. 서둘러 구급차를 타고 병원으로 갔지만 늦었다는 거야."

언니는 슬픔이 북받치는지 더 이상 말을 잇지 못했다. 병원으로 급히 달려가니 정말 조카가 싸늘한 시체가 되어 흰 천에 싸여 있었다. 고등학교 2학년, 꽃처럼 예뻤던 조카가 "이모!" 하고 벌떡 일어날 것만 같았다. 언니는 딸을 끌어안고 발작하듯 울부짖었다. 형부가 언니를 달래며 말했다.

"영안실로 내려가자는 걸 아버지, 어머니 오시면 가겠다고 했어요."

형부는 까닭 모를 분노에 몸을 떨었다.

"날 데려갈 것이지, 어쩌자고 앞길이 창창한 어린 것을……."

어머니가 부질없는 말만 되풀이하자 아버지가 "좀 조용히 해요." 하고는 조카의 몸 위에 손을 얹고 간절히 기도를 했다.

간호사가 빠끔히 문을 열고 말했다.

"곧 영안실로 옮겨야 하니 준비하세요."

잠시 무거운 침묵이 흘렀다. 그때였다. 어디선가 미세한 방귀 소리가 뾰오옹~ 하고 들려왔다. 식구들은 깜짝 놀라 눈을 크게 뜨고 서로를 쳐다봤다. 다시 한 번 뽀옹! 하는 방귀 소리가 들렸다. 그 소리는 분명 조카의 몸을 덮고 있는 하얀 시트 속에서 나는 소리였다. 형부가 용수철에 튕긴 듯 달려 나가 의사를 불러왔다.

의사들은 조카에게 매달려 모든 소생술을 총동원했다. 조카의 숨소리가 가늘게 들려왔다. 세상에서 제일 듣기 좋은 소리는 내 새끼 입에 맛있는 거 들어가는 소리라고 한다. 그날 조카의 방귀 소리를 어찌 입에 맛있는 거 들어가는 소리에 비하랴.

방귀쟁이 2

내가 어려서 다니던 고향 교회엔 장로님이 딱 한 분 뿐이셨다. 그분은 주일 낮 예배, 저녁 예배, 수요 밤 예배까지 단 한 번도 결석하는 일이 없었다. 마루로 된 교회 맨 앞자리는 장로님의 지정석이 되었다.

그날은 수요 밤 예배 시간이었다. 교인들 대부분이

농사꾼이라 고된 농사일을 끝내고는 꽁보리밥을 고봉으로 잔뜩 먹고 예배에 참석했다. 예배 전반부엔 찬송을 부르며 손뼉까지 쳤지만 설교가 시작되고 5분 정도 지나자 여기서 꾸벅, 저기서 꾸벅, 12명쯤 되는 교인들은 졸기 시합이라도 하듯 일제히 꾸벅대기 시작했다. 목사님이 강당 위에서 졸지 못하게 소리 높여 하는 설교만 들릴 뿐이었다.

맨 앞에 앉아 있던 장로님은 아예 몸을 가누지 못하고 코까지 골아가며 졸다가 그만 벌러덩 뒤로 넘어지면서 방귀를 뿌웅! 하고 뀌고 말았다. 몸집이 유난히 큰 장로님한테서 발사되어 나온 소리는 어찌나 큰지 대포 터지는 소리와 맞먹었다. 그 바람에 화들짝 놀라 잠에서 깬 교인들은 하나같이 웃기 시작했다.

"하하하!"

"허허허!"

목사님도 설교를 멈추고 껄껄껄 웃었다. 결국 엄숙한 예배 분위기는 산산조각이 나고 유머1번지 생방송 시간처럼 아수라장이 되고 말았다. 내가 살아오면서 가장 우스웠던 예배 시간이었다.

방귀쟁이 3

친구를 만나러 커피숍으로 갔다. 친구가 보이지 않기에 빈 자리를 찾아 앉았다. 내 등뒤의 테이블에선 세 명의 여자가 뭐가 그리 재밌는지 머리를 맞대고 낄낄거리고 있었다. 호기심이 발동하여 그쪽으로 귀를 기울였다.

"정말이라니까. 난 아직까지 남편 앞에서 단 한 번도 방귀를 뀌어본 적이 없어. 아마 그런 일은 죽을 때까지 없을걸."

그러자 그 옆에 있는 여자가 말했다.

"그게 뭐 내 의지대로 되니? 걸레질을 한다든가 무거운 물건을 들 때 나도 모르게 나오는 걸 어떡해? 난 할 수 없이 막 뀌고 살아. 후후후."

듣고만 있던 여자가 끼어들었다.

"까짓 방귀 뀌는 게 무슨 죄라고 남편 앞에서 절절매니? 방귀 뀐다고 뭐라고 하면 아예 밥을 해 주지 마. 남자들은 뻔뻔하게 뿡뿡 자기 맘대로 뀌고 사는데 여자라고 그러지 말라는 법 있냐? 크크크."

그들은 우스워 죽겠다는 듯 몸을 비틀며 소녀들처럼 까르르 웃었다. 나도 웃음이 터져 나오는 걸 꾹 참

앉다.

그런데 그들이 수다를 끝내고 자리에서 일어나는 순간, 나는 깜짝 놀랐다. 80세가 넘어 보이는 왕할머니들이었기 때문이다. 그런 할머니들이 영감님 앞에서 실수 한 번 안하고 산다는 게 믿어지지가 않았다. 아직까지 남편 앞에선 여자이고 싶은 모양이다. 마음은 주책없이 젊어 새색시가 되고 싶은 모양이다. 늙어도 귀여운 할머니들!

이처럼 수치스러운 소리가 환자에게서 나오면 신의 소리가 될 수도 있고, 웃을 일이 별로 없는 세상에 박장대소할 수 있는 기회가 되며, 노인들을 새댁으로 돌아가게 하는 힘을 가지고 있다. 이 모두가 사람 몸에서 나오는 소리가 아니던가!

유골함과의 하룻밤

얼마 전 병문안을 갔을 때 "어려운 일은 없나?", "신앙생활은 잘하고 있지?" 하고 관심 있게 물어봐 주시던 형부가 돌아가셨다는 연락이 왔다. 내가 헐레벌떡 쫓아갔을 때는 언니네 식구가 영정사진 앞에 모여 앉아 오열하고 있었다. 형부를 모신 제단 앞으로 다가가 꽃 한 송이를 바치며 조의를 표하고 돌아서는데 왈칵 눈물이 솟구치며 추억이 주마등처럼 스쳐 지나갔다.

형부는 친척이 없는 우리 집에 든든한 기둥이나 다름없는 분이셨다. 첫딸을 낳았을 때, 너무나 소중하고 사랑스러워 일터였던 세탁소까지 아기를 업고 출근을 하셨고, 독학으로 익힌 피아노 실력으로 교회반

주를 하셨다. 큰딸이 신장염에 걸려 사경을 헤맬 때 조금의 망설임도 없이 사과 따 주듯 당신의 신장 한 쪽을 뚝 떼어 주셨던 엄청난 사랑의 소유자였던 형부. 교회 장로님으로 착하고 선하셔서 교인들의 존경과 사랑을 듬뿍 받던 일들이 새록새록 떠올랐다.

그러나 아버지한테 신장을 이식받은 딸이 거부반응으로 인해 겨우 삼 년을 버티다가 하늘나라로 떠나자, 마음에 병을 얻은 형부는 신체가 점점 쇠락하여 72세가 되던 초겨울, 하나님의 부름을 받고 말았다. 혼자 살 준비가 전혀 되어 있지 않은 언니에게 집안 일을 몽땅 맡기고서 말이다.

형부는 6·25 참전 용사다. 그래서 국립영천호국원에 유골을 안장시키기로 되어 있었다. 서울에서 경상북도 영천까지 가려면 오가는 길이 멀어 당일로 장례를 치르고 돌아오기엔 무리였다. 해서 뒷날 아침 출발하기로 하고, 유골함을 집으로 모시고 와 하룻밤을 보내기로 했다.

유골함은 형부가 기거하던 안방 테이블 위에 모셨다. 유골함 주위엔 세상적인 향이나 꽃바구니를 일절 쓰지 않고, 오로지 성경과 찬송가, 그리고 꽃 몇 송이를 올렸다.

"내일 영천까지 다녀오려면 피곤할 테니 어서 잠자리에 들도록 하자. 텔레비전 앞에 물을 준비해 놓았으니 밤중에 목마르면 마시도록 해."

언니는 유골함 밑에 이부자리를 깔았다. 손을 뻗으면 닿을 정도로 가까웠다. 순간 나는 움찔하며 내 이부자리를 밑으로 끌어 내렸다. 유골함 바로 옆에서 잔다는 게 어쩐지 으스스했다. 언니는 피곤에 지쳐서인지 자리에 눕자마자 코를 골았다. 나도 어두운 방 안을 더듬거리며 이불 속으로 들어갔다.

'흠흠, 이게 무슨 냄새지?'

방안 어디선가 비릿하고 역한 냄새가 코를 찔렀다. 어찌나 역한지 속이 뒤집힐 것 같았다. 나는 도망치다시피 화장실로 들어갔다. 다행히 냄새는 따라오지 않았다. 나는 길게 심호흡을 하며 다시 방으로 돌아왔다. 그리고 킁킁거리며 여기저기 냄새를 맡아 보았다. 그런데 놀랍게도 유골함 속에서 냄새가 새어 나오고 있지 뭔가. 왠지 모르게 조금씩 호흡이 가빠지며 무서움증이 확 달려들었다.

쳐다보지 않으려 해도 무의식중에 눈이 자꾸만 유골함에 가서 머물렀다. 거기다 벽 한쪽에 영화 간판처럼 걸린 커다란 형부의 사진이 두려움이 되어 자꾸

만 나의 마음과 의지를 점령하려고 했다. 무서워 절
절매는 처제의 모습을 형부가 본다면 얼마나 실망할
까. 이럴 줄 알았으면 수면제라도 준비하는 건데, 후
회가 되었다.

눈을 감고 아무것도 생각 안 하려고 애를 썼다. 그
러나 냉장고 돌아가는 소리며 재깍대는 시계 소리가
계속 잠을 방해했다. 나는 반듯하게 누워 이불을 푹
뒤집어 썼다. 그리고 어렸을 때 잠이 안 오면 천장을
바라보며 세어 보던 양을 세기 시작했다.

'양 한 마리, 양 두 마리, 양 세 마리……'

양을 백 마리까지 세어 보았지만 눈만 말똥말똥했
다. 할 수 없이 나도 모르게 형부에게 사정을 했다.

'형부, 정말 이러기예요? 잠 좀 자게 해 주세요. 왜
자꾸 무섭게 하는 거예요. 잠을 자야 장지까지 갈 수
있단 말이에요.'

중얼거리다 보니 목이 말라 언니가 준비해 둔 물을
꿀꺽꿀꺽 들이마셨다. 까닭 모를 무서움이 내 곁을
맴돌았다. 나는 이불을 뒤집어 쓰고 눈을 감았다. 속
이 시원해지며 눈꺼풀이 풀렸다. 나는 세다가 만 양
을 다시 헤아리기 시작했다.

'양 백한 마리, 양 백두 마리……'

이백 마리까지 센 것 같은데 나도 모르게 꿈속으로 깊이 가라앉는 것 같았다. 그 뒤로는 기억이 없다. 아마 까무룩 깊은 잠에 빠져든 게 분명하다.

　평소에 귀신이니 도깨비니 하는 따위는 나와는 아무 상관이 없는 줄 알았다. 그런데 왜 형부의 유골함과 하룻밤 보내면서 신경이 곤두서고 불안했을까? 이유가 뭘까? 요즘처럼 과학이 발달한 시대에 귀신이나 도깨비가 어디 있다고. 나는 미신 마니아도 아닌데…….

돌아온 손자

막내 딸 가족이 두 개의 나라를 옮겨 다니며 생활하던 해외살이를 마치고 한국 사회로 돌아왔다. 포대기에 싸인 채 헤어졌던 큰손자와 외국에서 태어난 둘째 손자가 뻥튀기 기계에서 튀어 나온 듯 할미 키만큼 커져서 나타났다. 영상 통화를 안 하고 살았더라면 생소해서 몰라볼 뻔했다. 아장아장 걷고 까르르 웃으며 온갖 재롱을 다 부렸을 손자 녀석들의 자라는 모습을 지켜보지 못한 게 못내 아쉽고 서운하다.

딸 가족의 귀국으로 적적했던 집 안에 생기가 돌고 구석구석 따스한 온기가 퍼졌다. 사람 사는 소리가 이렇게 즐겁고 신날 수가 있을까. 손자들과 사위, 딸 모두 얼굴이 비슷비슷하게 닮은 모습으로 한 가정을 이루고 무사히 돌아온 걸 보니 감동이 밀려오며 어느 것 하나 소중하고 사랑스럽지 않은 것이 없다.

"얘들아, 학교 친구 이야기 좀 들려 다오."

내가 물어보자 두 녀석은 시합이라도 하듯 꼬불꼬불한 이름들을 잘도 꼽고 있다.

올해 초등학교 6학년이 되는 큰녀석은 공부는 늘 뒷전이었단다. 게다가 반 친구들과 어쩌다 싸우면 단 한 번도 이겨 보지 못하고 항상 매만 맞고 돌아와 제 어미의 마음을 무겁게 했다지 뭔가. 대신 피아노 연주에 재주가 뛰어나 이탈리아인 선생님의 레슨을 받으며 실력을 키운 덕분에 선생님들과 전교생들을 깜짝 놀래키며 유명세를 타기도 했단다. 학교생활을 무엇보다 좋아하고 친구들과 놀기를 즐겼다던 녀석이 난 왜 그리 귀엽고 유별나게 정이 가는지 모르겠다. 하기야, 막내딸도 초등학교 때 공부가 딸려 나를 얼마나 애타게 했는지 모른다. 성품이 착하고 연해서 큰 소리만 쳐도 한여름의 매미처럼 울기만 했던 딸이었다. 그러나 나이가 들고 학년이 올라갈수록 자기 일을 잘 감당하고 나중엔 훌륭한 신랑감까지 차지했으니 손자 녀석 장래에도 자신감을 가진다.

둘째는 이번에 5학년이 된다. 형과는 연년생으로

생김새부터가 어디 한 군데 물렁한 구석이 없다. 키는 작지만 녀석은 공부만은 전과목 으뜸으로 내달려 파란 눈의 꺽다리 친구들을 까만 머루알 같은 눈동자를 굴리며 모두 제압했다고 한다. 반에서 인기도 좋아 친구들이 초대하는 생일잔치, 파자마 파티에 골고루 참석하며 잊지 못할 추억을 잔뜩 만들어 가지고 돌아왔단다. 틈만 나면 책을 읽어 어느 누구와도 이야기가 잘 통한다. 장남이 못 풀어 준 공부의 한을 녀석이 시원하게 풀어 주었다며, 같은 형제지만 달라도 너무 다르다고 딸은 깔깔 웃었다.

　외국 문화의 물이 흠뻑 들어 돌아온 두 녀석은 말끝마다 "감사합니다", "사랑합니다", "잘 먹었습니다"라는 인사말을 달고 산다. 그것도 항상 싱글벙글 웃으면서 말이다. 재회하던 날에도 "할아버지, 사랑해요!"라며 깡충 매달려 뽀뽀까지 하는 바람에 무뚝뚝한 할아버지를 당황하게 만들었다. 1940년대에 태어난 남편이 사랑이라는 말에 익숙할 리가 없다. 옛날 노인이다 보니 사랑이라는 말을 쉽게 하면 위신이 떨어지는 줄 착각하고 칭찬보다 야단을 더 많이 쳤다. 그러나 외국에서 돌아온 손자들의 사랑한다는 말에 기분이 좋아진 남편은 "알았어, 알았어. 허허허허!"

하고 웃으며 좋아했다. 남편은 사랑한다는 말을 아끼고 아껴서, 언제 꺼내 쓰려는지 지금도 못 꺼내고 있다. 누군가가 나를 사랑하고 있다는 사실을 말로 확인시켜 주는 것이 얼마나 가슴 벅찬 감동인지 제발 이젠 좀 알았으면 좋겠다.

내가 녀석들한테 마음을 송두리째 뺏겨가며 보석처럼 귀하게 여기는 데에는 그럴만한 이유가 있다. 나는 세 자매만 있는 집에서 자랐다. 좀 더 자세히 말하자면, 친정어머니께서는 아들 둘과 딸 넷을 낳으셨다. 그런데 병으로 아들 둘과 딸 하나를 하늘나라로 먼저 보내고 세 딸만 남았다. 그 후 성인이 되어 결혼을 한 나도 딸만 내리 셋을 낳았다. 그것도 1970년대, 남아 선호 사상이 하늘을 찌를 때라 아들을 못 낳은 게 무슨 죄라도 되는 양 주눅이 들었다. 다행히 세상이 바뀌어 지금은 딸만 셋이라고 하면 "좋겠다."라며 부러워들 한다.

나는 딸 셋을 결혼시키면 한 집에 적어도 두 명씩은 아기를 낳아 안겨 줄 줄 알았다. 그런데 웬걸. 큰딸은 결혼을 하더니 아기 키울 자신이 없다며 출산을 포기해 버렸다. 거기다 한술 더 떠서 둘째는 비혼을 부르짖으며 결혼마저 거부해 버리는 일이 벌어졌다.

자식 농사 마음대로 되지 않는다더니 딱 나를 두고 한 말 같았다. 쭉정이로 전락해 버린 두 딸의 불효로 나는 세상사는 재미를 잃어버렸다. 그런데 막내딸이 결혼 5년 만에 내 숨통을 틔워 주는 기쁜 소식을 전해 주었다. 아들을 연년생으로 낳아 안겨 준 것이다. 너무 기쁜 나머지 나는 머나먼 이국땅으로 날아갔다.

'아, 세상에 이렇게 예쁘고 귀한 보석이 또 어디 있을까?'

사랑을 담뿍 담아 손자 얼굴에 볼비빔을 할 때마다 감사와 기쁨이 멈추지 않고 흘러 넘쳤다. 한 가정을 행복하게 만드느라 자기 자신을 내던지고 희생과 사랑으로 두 아이를 키워낸 딸이 그렇게 대견할 수가 없었다.

이젠 고국으로 돌아와 할아버지, 할머니 앞에 의젓이 앉아 있는 녀석들을 바라보며 나는 주책스러울 정도로 웃음이 헤퍼지고 화도 낼 줄 모르는 착한 할미가 되어 버렸다.

한 달 살기

"쿨럭쿨럭."

노인들의 기침소리를 들으면 나는 우리 어머니 생각이 먼저 난다. 바람까지 춥다고 방으로 들어오겠다며 울어대던 겨울밤이면 어머니의 기침소리도 덩달아 커졌다. 아침이면 푸석푸석한 얼굴로 일어나 "오! 주여."라며 쓴웃음을 지으시던 지순한 어머니, 병원에라도 모시고 가려 하면 돈이 아까워 괜찮다고만 하셨다. 그러면서도 초록색 대지 위로 햇살이 퍼지면 호미를 들고 밭으로 나가 김을 매셨다. 가다가 숨이 차면 앉아서 쉬고, 기침이 나면 나무를 붙들고 쉬면서 말이다. 그런 어머니에게 풀향기, 흙향기, 꽃향기, 나무향기, 물향기, 소여물 삶는 향기, 인정 많은 향기들이 공기 속을 폴폴 날아다니며 치유의 힘을 공급해 주었다. 그렇게 맑고 깨끗한 공기를 밥보다 더 많이 마신 어머니는 건강을 찾아가며 93세까지 사시다가 영면하셨다.

"쿨럭쿨럭."

나는 지금 그 옛날 우리 어머니처럼 가쁜 숨을 몰아쉬며 기침을 하고 있다. 누가 우리 어머니 딸 아니랄까 봐 유전자를 쏘옥 빼닮은 모양이다. 다른 점이 있다면 주위 환경이다. 어머니는 청정지역에서 거주하셨지만 나는 환경오염지역 거주자이다. 자동차 매연, 공장의 폐수, 온갖 쓰레기의 악취로 자연이 파괴되고 있는 곳에서 살고 있다. 건강이 나빠질 수밖에 없다. 물을 사 마시는 시대가 올 줄 몰랐을 때처럼 공기도 사 마시는 날이 오면 어쩌나 걱정이 앞선다.

그동안 나는 건강한 삶을 살아왔다. 숨이 차는 증상쯤이야 나이 탓이려니 하고 무시해 버렸다. 그런데 날이 갈수록 숨이 차서 걷기조차 힘들었다. 병원을 찾아가 의사를 만났다. 의사는 온갖 검사를 한 사진을 들여다보며 낯설기만 한 의학 용어로 나의 상태를 설명했다. 병원에 입원할 정도는 아니지만 통원 치료를 받으며 꾸준히 약을 먹으라고 했다. 중병이 아닌 것만으로 고맙고 가볍게 느껴졌다.

의사는 주거 환경을 바꾸어 맑고 깨끗한 공기를 마시는 게 중요하다며 이사를 권하기도 했다. 하기야 30년 이상 된 낡은 집이라 구석구석에 곰팡이균이나 미세먼지가 몰래 숨어서 병의 주범 노릇을 하고 있는지도 모른다. 그렇다고 집을 시장에 들고 나가는 물건처럼 쉽게 팔고 새 것으로 바꿀 수는 없는 노릇이 아닌가. 남편은 이대로 눌러앉아 살다간 병이 악화될까 겁이 나는지 뜻밖의 이야기를 꺼냈다.

"이참에 공기 좋은 곳으로 여행이나 떠납시다."

그것도 하루이틀이 아닌 한 달이든 두 달이든 살아보기 여행을 하자는 것이었다. 바닷가에 방을 얻어 놓고 그곳의 특산물과 싱싱한 해산물을 사다 요리도 해먹으며 맑은 공기를 맘껏 마시면서 살아보자고 했다.

이젠 발목을 붙잡던 책임도 다 떨어져 나갔다. 책임에서 해방된 노부부는 즐기기만 하면 된다. 노년기는 인생 중에 가장 여유롭고 자유로운 시간이라고 하지 않았던가. 우리는 짐을 꾸렸다. 새신랑, 새각시의 달콤한 여행도 아니고 헌것끼리의 여행이다 보니 편안한 옷 몇 가지 싸 짊어지고 버스로, KTX로 쉬엄쉬엄 동해안을 향해 출발했다.

처음엔 묵호로 갔다가 정동진을 둘러 사천진, 속초, 강릉에서 각각 열흘씩 머물렀다. 특히 강릉은 넓은 호수와 소나무 숲과 출렁거리는 바다가 한데 어우러져 빼어난 비경을 자랑하고 있었다. 피톤치드를 내뿜고 있는 솔향기와 바다에서 불어오는 짭짜름한 푸른 냄새가 내 품을 파고들 때마다 저절로 건강해지는 것 같았다.

내 생애 이런 멋진 여행이 나를 기다리고 있을 줄 그 누가 알았을까? 우리의 여행에 주위 사람들이 한마디씩 했다. 남편이 어쩜 그리 자상하고 사랑이 많냐는 둥, 시집 하나는 끝내주게 잘 갔다는 둥, 부러워 죽겠다는 둥, 야단들이었다.

어느 가정이든 멀리서 보면 모두 행복해 보이지만 가까이 들여다보면 지지고 볶느라 갈등 없는 집이 드물다. 우리도 대학교수님 가정이라고 하면 아무 걱정 없이 여유 있게 잘살 것이라 착각들을 한다. 그랬으면 얼마나 좋겠느냐만 우리는 시작부터 힘든 생활을 했다. 나는 결혼식 다음 날 입대하는 남자와 결혼식을 올렸다. 그래서 신혼여행도 신혼생활도 건너뛰고, 오로지 안타까운 마음으로 다닌 몇 번의 면회가 신혼의 전부였다. 제대 후 김 빠진 결혼생활은 가난까지 겹쳐 인생의 쓴맛을 보며 사느라 정신이 없었다.

알거지인 가엾은 남편은 가장이 된 막중한 책임 때문에 눈에 불을 켜고 학문에 매달렸다. 그 길만이 미래의 희망이었으니까. 그러다 보니 생일이나 결혼기념일 같은 돈 드는 행사는 일체 지워 버렸다. 또한 어린것들과의 즐거운 나들이도, 그 흔한 짜장면 파티도 단 한 번 열어 주지 못했다. 남편은 구두쇠로 유명한 스크루지 영감님처럼 돈에 인색했다. 어디 비벼 볼 언덕이 없으니 어쩔 수 없다면서 말이다.

그랬던 남편이 변했다. 아내의 건강 이상 신호에 생명줄이 짧아지는 게 아닌가 걱정되는지 부쩍 친절해졌다. 약의 부작용으로 얼굴이 대보름달처럼 부풀어 올라 눈과 코가 볼살에 파묻혀 괴물처럼 변했는데도,

"당신, 보톡스 맞은 것처럼 주름이 쫘악 펴져서 누가 보면 내가 젊은 여자랑 바람나서 이곳에 몰래 여행 온 줄 알겠어. 허허!"

라며 농담을 할 줄도 안다.

또한 내가 커피 좋아하는 걸 눈치챈 그가 한 잔의 커피를 사들고 달려와 내게 내밀며 말한다.

"여보, 커피! 뜨거우니 조심해!"

뒤따라오던 젊은 부부의 속삭임이 들린다.

176

"우리도 저 할머니 할아버지처럼 늙으면 여행 다니며 재밌게 살자."

이 소리에 우리는 깊게 주름진 얼굴을 마주보며 행복한 웃음을 나눈다.

웬일일까? 그 옛날 우리 어머니의 건강을 지켜 주었던 맑고 깨끗한 공기가 동해안에도 변함없이 날아다니고 있으니 말이다. 공기는 늙지도 않는지 예나 지금이나 젊고 싱싱하다. 요즘 같은 세상에 깨끗한 물과 공기는 보약이나 다름없다. 나는 가슴속 깊이 물을 마시듯 맑은 공기를 들이마신다. 흠흠흠…….

예수님의 편지

우리 마을에서 가장 부지런한 사람은 단연코 송 할머니다. 송 할머니는 할렐루야교회의 새벽예배가 끝날 시간이면 어김없이 일어난다. 그러고는 어슴푸레한 어둠을 밀어내며 한쪽에 세워 둔 리어카를 챙겨 나갈 준비를 한다. 일찍 일어나는 새가 벌레를 많이 잡아먹는다는 말처럼, 일찍 나가면 아무도 손대지 않은 폐지와 박스를 욕심껏 모을 수 있기 때문이다. 하루도 빠지지 않고 마을을 돌아다니다 보니 저절로 할머니의 영역처럼 되어 버려, 어느 누구의 방해도 받지 않는다. 동네 사람들과도 각별하게 지내는 사이가 되었다.

오늘도 송 할머니는 폐지와 박스가 한가득 실린 리

어카를 끌고 고물상을 향해 가고 있었다. 아직은 날씨가 쌀쌀한 초봄이지만, 번데기처럼 주름진 할머니의 이마엔 송골송골 땀방울이 맺혔다. 리어카를 끌고 가던 송 할머니는 잠깐 멈추어 섰다. 이웃마을에서 폐지를 싣고 고물상을 향해 가던 할아버지가 길 한쪽에 앉아 가쁜 숨을 몰아쉬고 있었기 때문이다. 할아버지의 삐거덕거리는 손수레에는 박스가 반도 차지 않았다. 그걸 팔아 봐야 사탕 값도 안 될 것 같았다. 할머니는 쯧쯧 혀를 차며 자신의 리어카 위에서 박스를 반이나 덜어 할아버지의 가벼운 손수레 위에 올려 놓았다.

"오늘도 작지만 사랑 한 가지를 실천했군."

하루에 한 가지씩 사랑을 실천할 때마다 할머니의 입가에는 웃음꽃이 송이송이 매달린다.

이런 송 할머니에게 요즈음 들어 한 가지 고민이 생겼다. 나이가 점점 많아지다 보면 언젠가는 죽음의 날이 찾아올 텐데, 지옥에 갈까 두려워진 것이다. 세상에서 고생만 하고 살았으니, 죽어서는 천당에 가서 편히 쉬고 싶은 게 송 할머니의 마지막 소원이었다.

"할머니, 예수 믿으세요. 예수님을 영접하면 천당 갈 수 있어요."

길에서 커피도 타 주고, 물티슈도 나누어 주고, 사탕도 주며 교회에 나오라고 하던 집사들의 전도 활동도 코로나19가 번지면서 딱 끊어지고 말았다. 그때 그 집사들을 따라 교회에 나갔어야 했는데 그만 기회를 놓치고 만 것이다.

송 할머니는 고민 끝에 스스로 교회를 찾아갔다. 할렐루야교회였다. 송 할머니는 안내 집사에게 물었다.

"이 교회 신자가 되고 싶은데 어떡하면 되지요?"

"오늘 처음 나오셨어요?"

"네."

"그럼 목사님을 찾아뵙고 예수 믿겠다고 말씀드리세요. 그리고 세례도 받고 정식으로 우리 교회의 신자가 되고 싶다고 하세요."

송 할머니는 두근거리는 마음으로 목사 사무실을 찾아갔다.

"목사님, 이 교회 신자가 되고 싶습니다."

목사는 안경 너머로 송 할머니를 아래위로 훑어보며 생각에 잠겼다.

'에그, 구리구리한 냄새가 나는 노인이 왜 하필 우리 교회 교인이 되겠다는 거야? 넘쳐나는 게 교회인데. 저 노인이 교인이 되면 우리 교회의 격이 떨어질

텐데, 어떡한다……. 안 된다고 할 수도 없고.'

머리를 굴리던 목사가 무겁게 입을 열었다.

"할머님, 집에 돌아가서 기도해 보고 결정해도 늦지 않으니 오늘은 그냥 돌아가시죠."

목사는 우회적으로 거절을 했다.

다음 일요일, 송 할머니는 다시 목사를 찾아갔다.

"목사님. 하나님께 기도를 드렸는데요, 이 교회에서 세례받고 신자가 되고 싶은 마음은 여전합니다."

그러나 목사는 이번에도 송 할머니의 소원을 선뜻들어 주지 않았다. 한 번 더 기도드려 보고 그때 결정짓자며 돌려보냈다.

"아이구, 교회 한 번 다니기가 이렇게 어려워서야 어디 다니겠나."

할머니는 중얼거리며 집으로 돌아갔다.

그 다음 일요일, 예배가 끝난 후 장로들과 점심식사를 하러 가는 길에 목사는 송 할머니와 딱 맞닥뜨렸다. 그냥 지나치려다가 주위의 시선도 있고, 좋은 인상도 주고 싶은 마음에 마지못해 할머니 옆으로 다가갔다. 송 할머니도 멈추어 서서 목사에게 공손히 인사를 했다.

"요즈음엔 통 뵙지를 못했는데 별일 없으셨지요?"

"별일이 왜 없었겠어요. 예수님과 상의했더니 예수님께서 그 교회 신자가 되는 일에 너무 매달리지 말라고 하시더군요."

목사가 깜짝 놀라 다시 물었다.

"정말로 예수님께서 그렇게 말씀하셨어요?"

"네, 예수님도 오랫동안 할렐루야교회의 교인이 되고 싶어 했지만 받아 주지 않아 밖에서 헤매고 계신다고 하시던 걸요. 그러면서 목사님을 만나면 이 편지를 꼭 전해 드리라고 하셨어요."

송 할머니는 속주머니에 잘 간직해 두었던 예수님의 편지를 목사에게 건네 주었다.

너희가 여기 내 형제 중에 지극히 보잘것없는 사람에게 한 일이 곧 나에게 한 것이다.

목사는 편지를 읽는 내내 손을 부들부들 떨었다.

쥐들과의 전쟁

옛날 안동 지방 농가에서는 병자년 첫 쥐날(상자일)이 돌아오면 특별한 행사를 치렀다고 한다. 아침 일찍 동네 여인들이 모여 빈 디딜방아를 찧으면서 "쥐 주둥이 찧자." "쥐 주둥이 찧자."라는 말을 다 같이 합창하듯 외쳤다는 것이다. 또 어떤 지역에서는 주걱으로 솥 안의 콩을 볶으면서 "쥐알 볶아라." "콩알 볶아라."라고 랩처럼 말하기도 했단다. 그러면 그 해 일 년 동안은 쥐들이 주둥이가 아파 곡식을 함부로 갉아먹는 일이 줄어들었다고 하는 믿거나 말거나 한 이야기가 있다. 어쨌거나 그렇게 외치고 나서 편안한 마음으로 살았다는 건 현명한 발상인지도 모른다.

농촌에서 쥐는 그야말로 큰 골칫거리였다. 곡식이

있는 곳이면 옥수수나무 꼭대기든, 콩밭이든, 수수밭이든, 심지어 가마니까지 뚫고 들어가 먹어 치웠으니 말이다. 영리하고 꾀가 많은 놈들이라 쉽게 잡을 수도 없었다. 오죽했으면 쥐 잡는 날을 정해 징그러운 쥐꼬리를 잘라 학교에 가지고 오라고까지 했을까.

'쥐' 하면 나에게도 잊혀지지 않는 이야기가 있다.

첫 번째는 중학교 다닐 때까지 살았던 마을에서 겪은 이야기다. 우리 마을은 백여 가구가 옹기종기 모여 살던 초가마을로, 건물이라 부를 만한 것이라고는 양철 지붕의 자그마한 교회가 전부였다.

그 시절 우리 교회를 자주 방문하던 미국 선교사님이 계셨다. 노처녀 목사님이셨다. 선교사님은 가난한 교회를 돕고 전도도 하고 마을의 불편한 점을 찾아 개선하는 데 앞장을 섰다. 선진국에서 온 선교사님은 구멍가게 하나 없이 사는 시골 사람들을 안타깝게 여기고 점방을 하나 차려 주겠다고 하셨다. 이 소식을 듣고 장로님이셨던 우리 아버지는 집 한켠을 무료로 내놓기로 했다. 선교사님께선 온갖 물건들을 마루 한쪽에 진열해 주셨다. 졸지에 우리 집은 생각지도 않았던 점방집이 되고 말았다. 비록 구멍가게였지만 있어야 할 건 다 있었다.

점방을 오픈하던 날, 마을 사람들은 마치 축제일처럼 기뻐했다. 특히 주부들은 빨래를 하다 비누가 떨어져도, 성냥이나 양초를 다 써도, 아기가 과자 달라고 떼를 써도 신바람나게 점방으로 달려와 물건을 구입하며 편리해진 생활에 기쁨을 감추지 못했다. 그후 시장 바구니를 들고 뜨거운 태양 아래 먼 길을 갈필요가 없어졌다.

그런데 시간이 지나면서 골치 아픈 불청객이 찾아오기 시작했다. 바로 쥐들이었다. 녀석들은 서로 연통을 했는지 떼로 몰려와 점방을 휘젓기 시작했다. 그것도 모두가 잠든 야심한 밤에 말이다. 아침에 일어나 보면 쥐들이 진열되어 있던 과자 봉지를 물어뜯어 마루를 난장판으로 만들어 놓았다.

할 수 없이 고양이 한 마리를 점방에다 보초로 세웠다. 그러나 맛있는 사탕 과자 맛을 본 고양이는 쥐잡는 일은 뒷전이고 밤새껏 쥐들과 한데 어울려 과자 파티를 벌이느라 정신이 없었다.

비상 대책을 세웠다. 쥐구멍마다 밤송이로 틀어막고 드나드는 길은 철조망으로 막아 놓았다. 그러나 쥐들은 '메롱' 하고 사람들을 약 올리기라도 하듯 새길을 뚫고 드나들었다. 기세가 등등해진 쥐들은 비

누나 양초를 갉아대는 것은 물론, 설탕이나 소금봉지도 닥치는 대로 물어뜯었다. 쥐들이 입질한 먹거리를 팔 수는 없으니 돼지와 소에게 던져 주었다.

아무리 궁리해도 발 빠른 쥐를 다 잡아 치운다는 건 역부족이었다. 아버지는 쥐와의 전쟁에서 손을 들고 일 년도 못 넘긴 채 점방 문을 닫고 말았다.

그동안 포식을 했던 쥐들은 살이 통통하게 오르고 털은 반지르르하게 윤기가 흘렀다. 반면, 아버지는 그동안 쥐들이 먹은 물건 값을 계산하여 적지 않은 돈을 물어내야 했다.

두 번째는 결혼하고 수원에 살 때 있었던 일이다. 사글셋방에서 사글셋방으로 전전하던 생활을 정리하고 작고 낡은 주택을 구입했다. 이삿짐을 정리하고 저녁밥을 짓기 위해 부엌으로 들어가던 나는 터줏 늙은 쥐와 딱 맞닥뜨렸다.

"으악!"

혼비백산한 나는 비명을 지르며 엉덩방아를 찧고 말았다. 놀란 건 쥐도 마찬가지였던 모양이다. 길을 잃고 갈팡질팡 부엌바닥을 맴돌더니 문 틈새로 잽싸게 도망쳐 버렸다. 쥐가 돌아다닌 부엌바닥이 꺼림칙해서 비눗물을 풀어 청소하는 내내 가슴이 콩닥거렸다. 그 후로 부엌에 들어갈 때마다 혹시 쥐가 있을까 봐 "똑똑! 쥐할아버지, 저 들어갑니다."라고 외치기도 했다.

알고 보니 그 집은 지붕과 천장 사이에 큰 공간이 있었다. 그 속에 우리가 이사 오기 전부터 쥐들이 살고 있었던 것 같았다. 낮에는 그야말로 쥐 죽은 듯 조용하다가도 밤이 되면 쥐들의 왕국으로 변했다. 우리 식구가 천장 아래에서 누워 자든 말든 괴성을 지르며 뛰기 시작했다. 축구 시합을 하는지 이쪽으로 우르르르, 저쪽으로 우르르르. 천장이 주저앉을까 봐 마음이 조마조마할 정도였다. 할 수 없이 천장까지 닿는 긴 장대를 마련하여 녀석들이 뛸 때마다 장대로 천장을 쿡쿡 찔렀다. 그러면 잠시 멈추었다가도 또다시 뛰곤 했다.

온 식구가 모여 앉아 늦은 저녁을 먹던 어느 날, 갑자기 상 위로 무언가 툭! 하고 떨어졌다. 가만히 들여다보니 새끼손가락만 한 아기 쥐였다. 천장을 자세히 살펴보니 쥐들의 화장실인지 천장 한가운데가 축축이 젖어 있고 구멍도 약간 뚫려 있었다. 아기 쥐가 기어다니다 잘못하여 구멍에 빠진 것 같았다. 애들은 "우웩!" 소리를 지르며 밖으로 뛰어나갔고 남편은 아기 쥐를 휴지에 싸서 내다 버렸다.

그 뒷날, 대대적인 공사를 했다. 인부들을 불러 천장을 뜯어낸 것이다. 천장 속엔 쥐똥이 수북하고 구석에는 눈도 못 뜬 새끼 쥐들이 꼬물대고 있었다. 인부들은 천장을 깨끗이 털어내고 소독을 한 다음, 빈 공간 하나 없이 도배지로 싹 발라 버렸다. 그렇게 집을 고친 후, 쥐들은 영원히 돌아오지 않았다.

그때 우리 안방 꼭대기에 살던 쥐들은 모두 어디로 갔을까? 다시 한 번 나타나면 마늘 찧는 작은 절구라도 꺼내 "쥐 주둥이 찧자, 쥐 주둥이 찧자."라고 외칠 텐데.

동묘역 3번 출구

노인들도 친구들과 만나면 곧잘 입은 옷이 언급된다. 처음 보는 옷이라느니, 패션 감각이 뛰어나다느니, 몸매가 살아 있다느니, 말짱 맹물 같은 소리뿐이지만 그래도 기분은 나쁘지 않다. 입 다물고 어색하게 있는 것보다야 주절주절 실언도 하고 뻥도 치면서 웃음을 자아내게 하는 이들이 도리어 좋다.

여자들의 옷장을 열어 보면 옷들이 너무 많다. 그런데도 입을 옷이 없다며 옷집 앞을 그냥 지나치질 못한다. 늙을수록 생활 의욕을 잃지 않으려면 새 옷을 사 입어야 한다고 핑계를 대면서 말이다. 살아 있는 사람이 그런 재미도 없이 어찌 사느냐며 변명도 많고 자기 합리화도 만만치 않다. 그렇다고 이 나이에 백

화점에서 고개를 빳빳하게 세우고 있는 비싼 옷을 사기에는 망설여지는 부분이 많다. 그보다는 내 맘에 쏙 드는 저렴한 옷을 골라 구입해야 후회가 없다.

마침 시장 정보에 빠삭한 친구가 요즘 핫한 시장이 있다며 가 보자고 했다. 해서 찾아간 곳이 '노인들의 홍대'라 불리는 동묘 벼룩시장이었다.

동묘역 3번 출구를 빠져나가자 눈이 휘둥그레졌다. 마치 외국에 와 있는 것 같았다. 길거리, 공터, 건물, 벽마다 만국기가 펄럭이듯 온갖 종류의 옷들이 춤을 추고 있지 뭔가. 산더미처럼 쌓아 놓은 옷 무더기마다 보물찾기를 하듯 빈틈없이 달라붙은 손길들이 분주히 움직이고 있었다. 누군가 입다 버린 옷, 상표도 뜯지 않은 새 옷, 한국 옷, 외국 옷, 싸구려 옷, 명품 옷, 옷이란 옷은 모두 모여 있었다.

사람들은 맘에 드는 옷을 골라내느라 열심히 뒤적거렸다. 신기하게도 그 어수선함 속에서 삶의 기운이 강하게 느껴지며 사람 사는 진정한 냄새가 물씬 풍겼다. 남이 쓰다 버린 물건을 사러 벼룩시장에 간다고 하면 구차하게 여겨 왔던 내 잘못된 생각이 단숨에 무너졌다. 건전한 생각을 갖고 있는 장·노년층과 개성 넘치는 패션으로 무장한 젊은이들이 뒤섞인 벼룩 시장은 낭만의 예술 거리처럼 살아 움직이고 있었다. 무엇보다 다양해서 괜찮은 것을 골라 득템할 수 있는 물건들이 참 많았다. 거기다 옷값이 어찌나 싼지 천 냥짜리지만 매의 눈으로 잘만 고르면 외출복으로도 손색없을 정도의 멋진 것들이 수두룩했다.

런던의 유명한 디자이너 '키코 코스타디노프'는 동묘 벼룩시장을 방문해 보고는 동묘를 찾아오는 한국 노인들의 스포티함과 캐쥬얼의 경계를 넘나드는 과감한 옷차림이야말로 최고의 패션이라며 극찬을 하였다고 한다. 그만큼 다양한 옷들을 판매하는 상점들이 많았기 때문일 것이다. 한 민족의 예술성은 그들의 생활 도구와 의상에서 잘 표현되고 있으므로 옛 문화를 알고 싶을 때 재래시장이나 벼룩시장을 찾아가 보는 것도 바람직하다.

동묘시장의 또 다른 묘미는 기억에서 지워진 오래된 물품을 구경하며 옛 시절을 떠올릴 수 있다는 것이다. 그림일기, 타자기, 옛날 우표, 바리깡, 엽전, 시계, 헌책, 호루라기, 음반, 골동품 등 보기만 해도 추억이 새록새록 되살아나는 물건들이 걸음을 뗄 때마다 얼굴을 빠끔히 내밀고 인사를 건네 온다. 이런 진기한 풍경에 굳이 물건을 사지 않고 구경만 해도 쏠

쏠한 재미를 느낄 수 있는 곳이다.

끝없이 이어지는 사람들의 행렬을 따라가다 보면 책들이 꽉 들어차 있는 책방이 나온다. 그곳엔 수많은 종류의 중고 책들이 제목조차 확인하기 어려울 정도로 뒤죽박죽이 되어 쌓여 있다.

나는 '한 권에 천 원'이라는 말에 이끌리듯 책방으로 들어갔다. 그때 구석에서 반짝하며 나를 반기는 책이 있었다. 옛친구를 만난 듯 책을 집어 들었다. 그 책은 초등학교 때 재미있게 읽었던 잡지 『새벗』이었다. 그곳에서 『새벗』을 만날 줄은 정말 몰랐다. 감회가 새로웠다. 수필집도 만났다. 모두가 고인이 되신 분들이 남긴 수필집이었다. 책에서는 옛날 냄새인지 종이 냄새인지 모를 특유의 냄새가 났다. 추억을 파는 시장, 잡동사니가 모두 모인 시장, 다양한 물건들로 가득 찬 시장이 바로 동묘 벼룩시장이다.

벼룩시장의 원조는 프랑스라고 한다. 헌 물건을 노천 시장에 펼쳐 놓고 팔기 시작한 것이 이용자가 점점 많아지고 널리 알려지면서 관광 명소로까지 거듭나게 되었다고 한다.

우리나라는 동묘가 대표적인 벼룩시장으로 꼽히며, 주말이면 외국 사람들까지 찾아와 전 세계 사람들로 붐비는 이색 시장이 되었다. 고르는 재미, 구경하는 재미, 추억을 만나는 재미로 가득 찬 벼룩시장은 매일매일이 축제 같다. 생동감 있게 펼쳐지고 있는 벼룩시장을 체험한 사람이라면 누구나 그 난장판을 잊지 못할 것이다. 나는 삶의 활력을 찾고 싶은 날이면 동묘역 3번 출구 난장판을 찾아간다.

담요 장사 아저씨

    우리나라 국민이라면 보이스 피싱을 모르는 사람은 없을 것이다. 뉴스 시간마다 자주 발표되는 보이스 피싱이 사회 문제가 되어 사람들을 두렵게 하고 있기 때문이다. 전화를 걸어 은행에서 현금을 찾아 건네게 하는 것은 한물 간 수법이라고 한다. 지금은 단수가 더 높아져 개인 정보를 털어 카카오톡이나 문자를 통해 친구인 양 친지인 양 위장하여 돈을 송금해 달라고 하는 피싱이 번지고 있다고 한다. 또한 휴대전화에 대출 앱 실행을 유도하는 사기가 판치고 있다고 하니 세상 살이가 얼마나 불안하고 무서운지 모르겠다.

    그 옛날에도 도둑과 사기꾼은 있었다. 그러나 지금처럼 물불 안 가리고 재산을 탈탈 털어가는 인간 말

종은 없었다. 도둑이 무섭긴 했지만 사람을 해치는 일도 거의 없었다. 지금은 그야말로 대낮에 눈 뜨고 코 베어가는 세상이 되었지만 옛날엔 주로 한밤중에 몰래 담을 넘는 게 고작이었다.

도둑 얘기를 하다 보니 50여 년 전 애교(?)스런 담요 장사 사기꾼 아저씨가 생각난다. 지금 보이스 피싱을 하는 인간들이 들으면 코웃음을 칠 이야기이다.

어느 날, 친구가 우리 집 가까운 곳에 가방 가게를 열었다. 축하도 해줄 겸 화분 하나를 사 들고 찾아갔다. 도착해 보니 손님은 없고 잡상인이 친구를 붙들고 실랑이를 벌이고 있었다.

"사장님, 하나만 팔아 주세요. 양털처럼 부드럽고 포근한 담요예요."

"글쎄, 안 산다니까요. 손님들이 드나드는 가게니 미안하지만 다른 곳으로 가 보세요."

친구가 정중하게 거절을 했다. 그래도 담요 장사는 친구를 붙들고 늘어졌다. 나를 발견한 친구가 커피 준비를 핑계로 자리를 피하자 담요 장사는 담요가 들어 있는 비닐 팩을 들고 슬금슬금 내 옆으로 다가와 털썩 주저앉았다. 나는 마주 보기가 멋쩍어 고개를 숙여 담요를 들여다보았다. 색이 곱고 포근해 보였다. 그런데 담요 장사가 갑자기 눈을 동그랗게 뜨고 나를 빤히 쳐다보는 것이 아닌가. 나는 화들짝 놀라 약간 옆으로 비켜 앉았다. 그러자 담요 장사는 캭하고 가래침을 뱉더니 불쑥 어이없는 말을 꺼냈다.

"쯧쯧, 아주머니 얼굴엔 가난이 흘러. 오천 원짜리 담요를 반값에 줘도 못 살 상이야. 어차피 돈이 없어 사지도 못할 담요를 뭘 그리 열심히 들여다보슈?"

순간 망치로 한 대 얻어맞은 기분이 들며 화가 치밀었다. 담요 장사는 비아냥거리듯 한마디 덧붙였다.

"가난한 사람이 이런 고급 담요를 어찌 사겠수? 이렇게 만난 것도 인연이니 내 선심 한번 쓰리다. 천 원만 내시오."

그때의 천 원은 지금의 만 원이나 마찬가지였다. 자존심이 있는 대로 상했다. 대꾸를 하려니 그것도 싸움이라고 가슴이 두근거려 얼굴만 붉혔다.

그때 손님이 가게로 들어왔다. 50대로 보이는 아주머니였다. 어제 사 간 가방을 바꾸러 온 것이었다. 담요 장사는 벌떡 일어나더니 그녀에게 달라붙었다.

"에그, 이 아주머니 얼굴에도 궁기가 다닥다닥 붙었네. 가난이 엄청 들러붙었어. 이 좋은 담요를 천 원에 줘도 못 살 상이네그려."

196

그 말에 부글부글 끓던 내 마음이 조금 누그러졌다. 그 와중에도 가난한 인상을 가진 동지를 만났다는 건 엄청난 위로가 되었다. 그 아주머니는 발끈하고 화를 내면서 담요 장사에게 달려들었다.

"지금 뭐라고 했어요? 사람을 뭘로 보고 함부로 지껄여? 아유, 기분 나빠. 천 원이라고 했지요? 세 개 다 포장해!"

왠지 모르게 내 속이 다 시원했다. 그녀는 3천 원을 내던지고 나가며 한마디 더 했다.

"세상에 별 인간들이 다 있다니까. 말 한마디에 천 냥 빚 갚는다는 속담도 모르는 무식쟁이 같으니라구."

그녀는 분이 안 풀리는지 일그러진 얼굴로 투덜거리며 돌아갔다.

잠시 후, 그 아주머니가 육상 선수처럼 가방 가게로 뛰어 들어왔다. 그녀는 숨을 헐떡거리며 말했다.

"사장님, 그 사기꾼 어디로 갔어요?"

"사기꾼이라니요?"

"있잖아요. 그 담요 장사. 담요라고 펴 보니 방석만 한 담요 조각이 들어 있지 뭐예요. 그걸 약 올린다고 사는 게 아닌데……."

그녀는 얼마나 화가 났던지 나에게 침까지 튀겨가

며 말했다.

"멀리는 못 갔을 거야. 잡히기만 해 봐라. 당장 경찰에 넘겨 콩밥을 먹게 만들어 줄 테니."

그녀는 두 주먹을 불끈 쥐어 보이며 돌아갔다.

며칠 후 구역 예배를 보기 위해 어느 집사님 댁을 방문했다. 그런데 한쪽 구석에 가방 가게에서 본 담요 꾸러미가 처박혀 있었다. 내가 물었다.

"집사님도 저 담요 사셨어요?"

"네, 약 올리기에 샀지요. 유 집사님도 당했군요?"

"나는 당할 뻔했지요. 하하하."

구역 예배를 보러 온 식구들은 자초지종을 듣더니 한바탕 웃어댔다. 그 후 여기저기서 담요를 산 사람들의 볼멘소리가 요란스럽게 들려왔다.

지나간 일은 모두 아름다운 추억이 된다더니 내가 겪은 사기꾼 이야기도 어느새 추억이 되어 웃음을 선사하고 있다. 발품을 팔아 한 푼 두 푼 사기 치던 담요 장사가 설마 소도둑이 되지는 않았겠지? 요즘처럼 보이스 피싱이 난무하는 세상에 살다 보니 그때의 담요 장사는 사기꾼 같지 않고 장난꾸러기 이웃집 아저씨같이 느껴졌다.

영자의 전성시대

　이름이라는 단어를 사전에서 찾아보면 다음과 같이
씌어 있다.

　'사람의 성 아래에 붙어 다른 사람과 구별하여 부르
는 것.'

　이름은 나의 정체성을 말해 주는 지표다. 그래서 이
름이 없으면 안 된다.

　부모들은 집안의 항렬에 따라 부르기 좋은 이름을
지어 자녀들에게 부여하는 일을 중히 여긴다. 앞날에
훌륭한 사람이 되기를 바라며 좋은 뜻을 가진 이름을
짓기 위해 작명의 명인을 찾아가기도 한다. 이렇게
한번 지은 이름은 나와 한몸이 되어 평생 붙어 다니
며 타인들로부터 불리워진다. 우리나라 속담에 "이름

이 고와야 듣기도 좋다."라는 말도 있다.

내 이름은 유영자다. 마음에 들지 않는다. 어린 시절 학교에 가거나 교회에 가면 곤란한 일이 자주 벌어졌기 때문이다. 누군가 "영자야!" 하고 부르면 여기저기서 "왜?", "왜?" 대답하며 영자가 단체로 고개를 내밀고 대답을 했다. 그러다가 영자끼리 눈이 마주치면 민망해서 못 본 척한 적이 한두 번이 아니었다. 시골 영자들은 하나같이 촌스러웠다. 어떤 영자는 학교에 올 때마다 누룽지를 가지고 왔다. 그것도 때가 꼬질꼬질한 속내복 주머니에 넣어 가지고 말이다. 영자는 노는 시간마다 치마를 들추고 누룽지를 꺼내 먹었다. 아이들이 "영자야, 누룽지에 때 묻겠다. 제발 옷 좀 빨아 입고 다녀라." 하며 놀리기도 했다. 주책스러운 영자 때문에 나까지 창피해졌다.

그날 나는 집으로 돌아오자마자 아버지께 따졌다.

"아버지, 당장 이름 바꿔 주세요. 너무 흔한 이름이라 싫어요. 우리 반에 영자가 3명이나 있단 말이에요."

내가 볼멘소리로 불평을 하자 아버지는 내 손을 꼭 잡고 영자라고 이름 지을 수밖에 없었던 가슴 아픈 사연을 들려 주셨다.

1910년부터 1945년 해방될 때까지 우리나라 사

람들은 일본의 통치하에 모든 권한을 박탈당하고 살아왔다. 학교에서는 모든 공부를 일본어로 가르쳤고, 우리나라 말은 아예 사용하지 못하도록 했다지 뭔가. 아이들 이름도 우리말로 짓지 못하게 하고, 이미 이름이 있는 사람도 일본식 이름으로 고치도록 창씨개명을 강요했단다.

만약 창씨개명을 따르지 않을 경우 직장에서 해고당하고, 학교에 다닐 수 없으며, 기차나 배를 타거나 배급받는 일도 금지되고, 경찰 또는 군인으로부터 감시를 받았다고 한다. 그래서 그 당시 태어난 여자 아이들의 이름은 '자(子)'로 끝나는 이름이 많았다. 아키코, 하루코같이 '코(子)'로 끝나는 일본식 여자 이름으로 말이다. 그때 소녀들의 이름을 살펴보면 영자, 순자, 옥자, 명자, 춘자, 경자, 숙자, 화자라는 이름이 대부분이었다. 영자는 일본 이름 에이코(英子)에서 따온 이름이다.

"네 이름을 영자로 지을 수밖에 없었던 이유를 이젠 이해하겠지?"

아버지는 슬픈 역사를 더듬으며 이름에 대한 의미를 되새겨 주셨다. 그 후 나는 이름에 대해 불평을 하지 않았다.

강제로 일본식 이름을 지어야 했을 때에는 누구나 한국 이름을 그리워하고 갖고 싶어 했다. 그러나 이제는 한국 이름을 갖는 것이 당연하게 여겨지는 시대이다. 그러다 보니 남들보다 눈에 띄기 위해 자발적으로 외국식 이름을 짓는 문화가 일반화되었다. 요즘은 사람 이름, 상품 이름, 건물 이름, 개 이름까지 국적 불명의 외국식 이름이 많다.

다른 건 몰라도 수많은 시민들이 생활하는 아파트 이름만이라도 우리말로 지으면 좋으련만, 하나같이 외국어로 지어 몹시 유감이다. 언제부터인가 건축되는 아파트 이름들을 보면 국어의 위기감을 지나 민족혼의 상실이 우려될 정도로 외국어 일색이 되었다. 아르누보 팰리스, 칸타빌, 레스빌, 프로방스, 노블리스, 메카드리움, 파크뷰, 쉐르빌, 타워팰리스……. 외우기는커녕 제대로 부르기도 어려운 기이한 이름들뿐이다. 여기가 한국인지, 외국인지, 국제시장인지 모를 정도로 혼란을 야기시키고 있다.

한편, 우리말임에도 듣기 거북한 이름들도 있다. 왕무식, 구린내, 엄마야, 석을년, 염병 같은 이름을 자기 자녀에게 붙여준 부모는 도대체 어떤 사람일까? 이해할 수가 없다. 이름 때문에 놀림감이 되고 그로

인해 마음에 깊은 상처를 받을 아이들을 생각하면 당장이라도 개명을 했으면 좋겠다.

옛날 우리 동네엔 개똥이, 돼지, 차돌이 같은 천한 별명을 가진 애들이 많았다. 의료시설이 발달하지 못해 어린 나이에 죽는 아이가 많았던 시절, 이름을 막 지으면 생명이 길고 튼튼하게 자란다는 막연한 생각으로 천한 별명으로 불렀다고 한다. 별명 덕분일까? 무사히 어린 시절을 보내고 할머니, 할아버지가 되어 있을 그 개똥이, 돼지, 차돌이는 이제 멀쩡한 자기 이름으로 불리고 있는지 모르겠다.

일생을 나와 함께했던 이름은 중늙은이가 된 후로 서서히 사라지고 있다. 이제는 "영자야."라고 부르는 다정한 목소리를 쉽게 들을 수가 없다.

성인의 이름을 함부로 부르면 무례하게 여겨져 이름 대신 호칭이 등장했다. 우리 집 애들은 나를 엄마라 부르고, 남편은 여보라고 부른다. 시어머니는 어멈아, 사위는 장모님. 이외에도 고모, 이모, 형님, 아주머니, 할머니, 권사님이라는 호칭들이 줄줄이 따라붙었다.

그러다가 한동네에서 자란 옛친구가 "영자야!" 하고 다정한 목소리로 이름을 불러 주면 그렇게 반가울

수가 없다. 이름이 불리는 순간, 나는 고향 마을에서 뛰놀던 어린 시절로 돌아간다. 비록 탱탱하던 얼굴은 바람 빠진 풍선처럼 볼품없어졌지만, 서로 이름을 부르는 것만으로 즐거웠던 시절을 기억해 낼 수 있다는 건 얼마나 행복한 일인가. 가끔이라도 "영자니?" 하고 친구의 전화가 걸려온 날은 하루 종일 마음이 즐겁다.

1980년대 영화 「영자의 전성시대」 때문에 엄청나게 유명했던 이름, 내 이름은 영자다.